ALFRED GONTIER.

ŒUVRES COMPLÈTES.

ALFRED GONTIER.

OEuvres Complètes

Le spleen est, je le sais, des sots la maladie ;
Il vient, dans leur esprit, mettre tout de travers :
Mais je le bénirais si, dans sa perfidie,
Il ne m'avait conduit.... à griffonner ces vers.

ALFRED GONTIER.

1re ÉDITION. — PRIX : 10· FRANCS.

AMIENS,

IMPRIMERIE DE T. JEUNET,

RUE DES CAPUCINS, 45.

—

M DCCC LXXIX.

ALFRED GONTIER

OEuvres Complètes

Le spleen est, je le sais, des sots la maladie;
Il vient, dans leur esprit, mettre tout de travers :
Mais je le bénirais si, dans sa perfidie,
Il ne m'avait conduit.... à griffonner ces vers.

ALFRED GONTIER.

1re ÉDITION. — PRIX : 10 FRANCS.

AMIENS,

IMPRIMERIE DE T. JEUNET,

RUE DES CAPUCINS, 45.

—

M DCCC LXXIX.

PRÉFACE DU LIVRE.

Illi robur et æs triplex !!!
(HORACE.)

AU LECTEUR,

Lorsqu'il y a un an à peine je commençais la liste, devenue bien longue, de « MES PORTRAITS AU « CRAYON, » je ne songeais guère à donner un pareil développement à ce qui n'avait été d'abord qu'un simple jeu d'un esprit inoccupé. Les encouragements des uns, peut-être un peu le dépit des autres, une tendance de ma part qu'il faut bien avouer à la taquinerie et au badinage ; ajoutez, comme on dit chez nous familièrement, que l'appétit vient en mangeant, tout cela réuni a produit ce résultat.... inattendu.

A première vue, ce titre « MES PORTRAITS AU « CRAYON » pourra paraître singulier; ce serait à tort cependant, car il n'a rien que de très-naturel, comme tout ce que j'ai la prétention d'écrire. En effet, « mes charmantes satires locales »,

comme les appelle ironiquement un de mes bons
amis, dans une de ses bonnes lettres, ont été compo-
sées pour la plupart en me promenant, ou la nuit,
au sortir du premier sommeil, et la tête sur l'oreiller, quand toutefois, chose rare, j'avais un oreiller
pour reposer ma tête ; et, pour ne pas perdre le
souvenir, je le répète, de ces charmantes élucubra-
tions, je m'empressais, aussitôt écloses, de les
transcrire sur mon carnet avec ce vilain crayon
rouge, qui n'est certes pas encore complétement usé,
et qui, s'il m'a valu quelques grimaces et quelques
désagréments, m'a procuré, par contre, pas mal de
bonnes et chaudes amitiés : De là le titre que j'ai
adopté, et indè iræ.

Le Lecteur me rendra cette justice que j'ai toujours, « dans mes plus grands excès, » su observer
les règles du bon langage et des convenances, et que
si parfois « ma Muse », tout en restant vraie (ce
qu'elle recherche particulièrement), s'est montrée
un peu sévère, ce n'a été qu'à l'égard de quelques
personnes qui m'y ont provoqué par leurs attaques,
ou par des agissements que je ne veux pas qualifier
ici. — Certains de mes amis, et des meilleurs, et de
ceux que j'écoute le plus volontiers, m'avaient même

engagé à laisser ces personnes de côté : je ne l'ai
pas voulu, par cette raison qu'il est de ces méfaits
qu'une trop longue impunité semblerait consacrer,
si pour eux, à défaut d'autre, ne commençait un
jour ce que j'appelle « 'le Châtiment de l'Histoire. »

Je ne parlerai point ici des diverses pièces, plus
ou moins longues, qui suivent « MES PORTRAITS AU
« CRAYON », par la raison très-simple qu'elles n'en
sont en quelque sorte que l'accompagnement, et pour
ainsi dire « le corollaire », s'il m'est permis de
me servir d'une expression ampoulée et célèbre,
employée par un de nos plus illustres conseillers
municipaux, dans une harangue mémorable, — vouée
depuis sa naissance aux honneurs.... de l'Oubli ???
Une comédie, ou toute autre pièce analogue, n'est,
en effet, selon moi, qu'un portrait d'ensemble, dé-
peignant un plus grand nombre de personnages, et
embrassant des détails plus multiples ; dès lors, ce
que je pourrais en dire ne serait qu'une redite.

Et maintenant que voilà ma profession de foi
faite, et que votre jugé suprême, le Public, est pré-
venu, — partez, mes Vers, partez, et allez vous
présenter à lui. — Depuis longtemps, comme des

enfants ingrats et impatients de quitter le giron
paternel, vous vous agitez, et vous brûlez de fouler·
la poudre des grands chemins. Allez, et le plus
grand mal que je vous souhaite, c'est de ne pas rester sur le carreau, en apprenant trop vite, à vos
dépens, que la Roche Tarpéienne n'est pas bien loin
du Capitole. — Dans tous les cas, quand vous me
reviendrez, que vous soyez couverts de lauriers ou
de boue, — quels que soient les succès ou les décon-
venues que vous me rapportiez, — vous me retrou-
verez avec la même sérénité au front, la même
glace au cœur, et sur les lèvres avec le même sar-
castique et éternel sourire ; car il y a beau jour
que, contre les caprices de la Fortune, aussi bien
que contre les coups de l'Adversité, j'ai la poitrine
cuirassée du triple airain dont parle le poëte.

Illi robur et æs triplex !!!

ALFRED GONTIER.

Vervins, 12 Octobre 1879.

MES

PORTRAITS AU CRAYON

SILHOUETTES VERVINOISES.

PREMIÈRE SÉRIE

Sous les n°s 1 à 50 inclus, avec le Portrait de l'Auteur, n° 50.

1.
Monsieur Jules GUINET,
Greffier au Tribunal de Commerce.

Cet amour de Greffier, fort sur les commandites,
Ferré sur le tarif, « puisqu'il faut parler net, »
Adorant les procès, — bénissant les faillites,
Et surtout bon enfant, c'est... notre ami Guinet.

2.
Monsieur Léon FIÉVET,
Principal-Clerc d'Avoué, notre jeune et éloquent Défenseur.

Cher enfant de Vervins, au cœur prudent et sage,
Socrate au petit pied, qu'aurait béni Caton,
Le dernier.... au plaisir, — le premier.... à l'ouvrage,
Digne espoir du barreau, — voilà Monsieur Léon.

3.   PARIS
                Redevenu Capitale.
             (Congrès du 19 Juin 1879.)

Paris, l'enfant prodigue à la tête si chère,
Que, dans un jour d'erreur, l'orgueil avait surpris,
Redevient Capitale; et la France, sa mère,
Donne à son repentir des baisers attendris.

4.   Monsieur AUBERT-LECAT,
             Chef de Bureau à la Sucrerie.

Quand il vient à passer, sanglé de sa sacoche,
Avec son air de maître, et sa maîtresse voix,
Il me paraît semblable à.... la Mouche du Coche,
Et je suis fort tenté de.... saluer trois fois !!!

5.   Monsieur Pierre GUILLARD !!

Un insolent dirait : « Marquis de la Verdure ; »
Moi, je dis poliment : « Monsieur Pierre Guillard !!! »
C'est un joli garçon, faisant bonne figure,
Intrépide au travail, et féroce.... au billard !!!

6. Monsieur GRAUX,

Propriétaire, ancien Greffier en Chef.

Citoyen des plus doux, — mari sage et placide,
Jurisconsulte fin, — devenu jardinier,
Quand je le vois chez lui, je crois voir Aristide
Cultivant la tulipe, — ou taillant le rosier.

7. Madame GRAUX, née Louise DOLLÉ.

Bonne femme après tout, sœur d'un vieux camarade,
Grondant à tout propos son.... Graux... qui n'en peut mais,
Avec l'estomac sain, — l'esprit.... un peu.... malade,
Elle trotte toujours, et.... n'arrive jamais !!!

8. Monsieur CASIMIR,

Réserviste, marié.

Dans la nuit où revint cet heureux Réserviste,
Je traversais sa rue, et j'ouïs un soupir ;
C'était un doux soupir, qui n'avait rien de triste,
Qui disait : « Casimir, — faut-il sitôt finir !!! »

9.   Monsieur Jules TOUSSAINT,
            Chef de bureau à la Sous-Préfecture.

Du grand chasseur Toussaint, ce chasseur émérite,
Qui sait être à la fois Nemrod et Damoiseau,
Que pourras-tu bien dire, ô ma langue maudite???
Qu'il chasse avec succès et le poil, et l'oiseau.

10.   Monsieur Ernest PAGNIER,
             Son Substitut.

Bon garçon renforcé, fort heureux en ménage,
Gendre soumis et fier, employé sans égal,
Il a pris sagement le parti le plus sage,
Et, pour plaire à Bonbonne, * il n'a pas de rival.

11.   Monsieur MATTON-GAILLARD.

Un homme à grands projets, qu'il n'exécute guère,
Prodigue de conseils, vaniteux et bavard,
Aimant la République en partisan sincère ;
N'est-ce pas, en deux mots, Monsieur Matton-Gaillard ?

* Nota. — Bonbonne, sa belle-mère, très-acariâtre.

12. MONSIEUR NOTTELET,
Charcutier.

Faisons-lui son portrait, et celui de sa femme,
Puisqu'il y tient si fort, notre ami Nottelet;
Le sien sera très-court et très-vrai, sur mon âme;
Il est gentil garçon, rangé, sobre, et pas laid.

13. MADAME NOTTELET, SA FEMME.

Sa femme, en quatre mots, c'est chose aussi facile;
Elle est gente à croquer en robe et mantelet,
Pas très-forte..... au piquet, mais commerçante habile,
Moqueuse, et lutinant trop souvent Nottelet.

14. MONSIEUR GRÉGOIRE MACHET,
Ancien Chef Cantonnier.

Du trop fameux Machet, l'éternel Lovelace,
Vous voulez un croquis, et je ne suis pas prêt;
Pour chanter ses vertus je n'ai guère de place;
Pour guérir ses instincts, il me manque le trait.

15.   Monsieur RÉGNIER-MORVILLE ? ? ?

Faquin à trois chevrons, bien connu dans la ville,
Enrichi par sa femme, et non par son talent,
Chapeau bas, mes amis, devant..... Régnier-Morville,
Et saluons trois fois.....ce Jeannot..... vert-galant !!!

16.   Monsieur LEBRUN Père,
Ancien Maréchal-des-Logis de Gendarmerie, Commissionnaire en liquides.

Gendarme retraité, — qui n'était pas traitable,
Maintenant il se pose en amoureux transi ;
On dit qu'il a du chic, qu'il se tient bien à table,
Qu'il aime le bon vin, et qu'il en vend aussi.

17.   Monsieur LEBRUN Fils,
Commissionnaire en liquides, et Agent d'assurances.

Digne fils de son père, il vole sur sa trace,
Du moins pour les marchés de vin et de trois-six ;
Il vend avec aplomb, il assure avec grâce :
Il n'est pas secourable aux amoureux transis !!!

18.   Le Notaire FLAMANT,
                    Mon meilleur ami.

Le notaire Flamant, ce parfait honnête homme,
Porte partout sa trousse, avec son encrier :
Il opère avec art, avec adresse ; en somme,
Il sait plumer l'oiseau, sans le faire crier.

19.   Monsieur SORTON (Saint-Joseph),
                    Charpentier et Aubergiste.

Ce fils de Saint-Joseph, philosophe dans l'âme,
A la voix éraillée, — à l'appétit glouton,
Tout glorieux des... soins dont l'accable sa femme,
Doyen des charpentiers, c'est..... le papa Sorton.

20.   Madame SORTON (Sainte-Julie), sa Femme.

Par ses talents divers, accrus de son adresse,
Elle a su se créer..... une position ;
La Julie, avec l'âge, a pris de la sagesse,
Et va bientôt briguer..... le grand prix Monthyon !!!

21.   *LA FAMILLE MONJOT.* 21 à 24 inclus.

Monsieur Paul BERTAUX,
Principal-Clerc d'Avoué.

Ce gaillard à l'œil terne, à l'air morne, au front pâle,
Apôtre du Colback qu'il gobe à tous les taux,
Plus vaillant..... au comptoir qu'un des forts de la halle,
C'est le gendre à Monjot ! C'est monsieur Paul Bertaux.

22.   ### Monsieur MONJOT,
Aubergiste.

Puisque je l'ai nommé, mettons Monjot en scène;
N'en disons point de mal, ce sera plus tôt fait :
C'est un fort bon mari, — qui prend beaucoup de peine,
Et, s'il n'aimait à boire, on le croirait parfait.

23.   ### Madame MONJOT, sa Femme.

D'un trop naïf époux, vigilante Compagne,
Elle porte le sceptre en soignant son fourneau ;
Son martyre a sur terre plus d'une campagne,
Et la chaîne à Monjot compte plus d'un anneau !!!

24.   Madame Paul BERTAUX, née Monjot.

Regardez cette enfant, pléine de mignardise,
Mère de trois poupons, qui ne sont pas bien gros,
Doucereuse, innocente, aimant la.... friandise ;
C'est la fille aux Monjot ! C'est la femme à Bertaux !!!

25.   Monsieur FOUQUET,
                Directeur du Nᵒ 333 ???

Fouquet, le philanthrope, a l'âme égalitaire ;
En vidant votre poche il guérit votre esprit ;
Il n'est pas fier du tout, reçoit le prolétaire,
Et, pourvu qu'on le paie, il ne voit pas l'habit.

26.   Monsieur Jules BOQUET,
                Employé aux Hypothèques.

Sur notre ami Boquet vous ne pouvez attendre
Que je verse le blâme, en un style emprunté ;
D'aucuns lui trouveront le cœur un peu trop tendre :
Ce n'est pas un défaut, c'est une qualité.

27.   LE PAPA CAMET, 78 ANS.
              Ancien Maitre-Serrurier, — mon vieil ami.

Ce vieillard toujours vert, — travailleur d'un autre âge,
Malgré le poids des ans de son sort satisfait,
Ami du cotillon, — aimant le badinage,
Tout souriant à tous, — c'est.... le papa Camet.,

28.   LE PÈRE PILLEZ!!! 70 ANS.

Ce vieillard égoïste, ombrageux et mystique,
Rancunier, maniaque, on le nomme Pillez ;
Il adore l'argent, le melon, la critique,
Le vin, la grande chère, et.... les petits mollets !!!

29.   MONSIEUR JULES HIBLOT,
                  Principal-Clerc d'Avoué.

Principal accompli, mari tendre et fidèle,
Tour à tour il courtise et Thémis, et Vénus ;
C'est un père excellent, — un clerc rempli de zèle,
Chose rare !!! Aujourd'hui, nous n'en dirons pas plus.

30.   MAÎTRE DUBOIS,
              Avoué, mon honorable Défenseur.

Avoué des plus fins, — avocat plein de charme,
Il sait semer la guerre, ou mettre le holà ;
Du sexe faible il est.... le soutien, et.... l'alarme :
Mais chut, crayon maudit ! Si Madame était là !!!

31.   MONSIEUR LONGUET,
                  Rentier, 68 ans.

Si d'un vieux libertin, doublé d'un vieil avare,
Vous voulez une esquisse, ayez l'oreille au guet ;
Il s'en trouve à Vervins, — le sujet n'est pas rare ;
Mais le premier de tous, c'est.... le voisin Longuet.

32.   MADAME VEUVE LEGRAND,
              Ou une allumette entre deux feux.

Entre l'ardent Longuet, et Dubois le Sceptique,
Reste une aimable Veuve, ayant droit au respect ;
Elle n'aura de moi — ni soupçon ni critique,
Bien que.... Longuet surtout soit un voisin suspect.

33. Monsieur Arthur POMMERY,
Huissier.

Le fameux Pommery, célèbre à plus d'un titre,
Doit venir à son tour illustrer mon pinceau ;
J'en pourrais beaucoup dire, hélas !!! sur son chapitre :
Il est si suffisant, si jeune, et puis.... si beau !!!

34. Monsieur Jean-Marie THOMAS,
Huissier.

Un fort honnête huissier !!! L'espèce est assez rare !!!
Fourvoyé dans le tas, — n'instrumentant jamais
Qu'à son corps défendant, — et très-haut je déclare
Que pour sa courtoisie on le cite au Palais.

35. Monsieur GÉNART, Jules,
Huissier.

Bien jeune, un enfant, quoi !!! Mais aux âmes bien nées,
Puisqu'il faut rappeler ici le vieux dicton,
La valeur n'attend pas le nombre des années ;
Tout est parfait chez lui : talent, tenue, et ton.

36. LE GÉNÉRAL BAUDRY,
Huissier.

Il faut bien qu'à ton tour tu reçoives la schlague,
O veinard de Baudry, miraculeux huissier,
Toi, le joyeux fumeur qui n'a jamais de blague,
Et dont le pied défie en voyage un coursier.

37. MONSIEUR DUPONT,
Mécanicien, notre ami.

Dupont, le travailleur énergique et sévère,
Sert deux mignons péchés, si j'en crois la chanson ;
Il aime fort la femme ; il aime un peu le verre ;
Mais n'en disons pas plus ! Il est si bon garçon.

38. MONSIEUR ACHILLE,
Typographe.

Émérite imprimeur, compositeur habile,
Astre resplendissant d'un éclat radieux,
Tel paraît à nos yeux le trop bouillant Achille :
Passant, découvre-toi : c'est un enfant des Dieux.

39.   Maître CHEVALIER,
                              Avoué.

Il a l'âme aussi nette au moins que l'eau de roche ;
L'honneur est son blason ; la vertu, son sentier ;
C'est un nouveau Bayard ? Sans peur ?? Et sans reproche ???
Mais Avesne et Vervins nous gâtent Chevalier.

40.   Monsieur Eugène GLAIZE,
    Défenseur officieux à la Justice de paix, autrement dit : « *Gambetta Junior.* »

Quand il plaide pour bon, aux grands jours de bataille,
Son crayon vous menace, et de taille, et d'estoc ;
Et, tel que Ney, chargeant sous des flots de mitraille,
Il dédaigne la feinte, et terrible est son choc !!!

41.   Monsieur Paul MARCHET, son ami,
                    Greffier de la Justice de paix.

Un garçon sérieux !!! Tout l'opposé d'Eugène !!!
Doux, rangé, fort gentil, et gai par ricochet :
Dans sa lune de miel voilà qu'il entre à peine ;
Ne troublons pas l'élu de Madame Marchet.

42   Monsieur Albert ROMBY,

Aubergiste, Sergent-Fourrier des Pompiers.

Romby, ce puritain, étrangement austère,
A trois légers défauts qu'il règle avec esprit ;
Il cultive la femme, et la carte, et le verre :
La femme du prochain ??? C'est du moins ce qu'on dit.

43.   Madame Estelle ROMBY,

Sa trop patiente épouse.

Femme soumise et tendre, agréable hôtelière,
Insensible..... aux écarts d'un mari trop roué,
Elle est de sa maison la cheville ouvrière ;
Faut-il s'en étonner ??? Elle vient de Boué.

44.   BOU = É !!!

Pays natal de Romby.

Boué, charmant pays, où la serpe domine,
Où ma mère naquit, où l'on voit d'autres cieux ;
Où les gens sont sans cœur, où la fièvre vous mine,
Où l'on est toujours prêt..... à s'arracher les yeux !!!

45.   La Maison de Zoé FIÉVET,
             Notre tante maternelle, à Boué.

Toit inhospitalier, — maison d'une mégère,
Je te maudis trois fois, et je crie : Evohé !!!·
Trois fois je te renie, ô pays de ma mère,
Où Caïn a dû naître, où trépassa Zoé !!!

46.   Monsieur Clément LOTH,
                 Boulanger.

Clément le boulanger, homme paisible et sage,
Ne veut pas s'ériger en moderne Attila ;
Il évite la chope, il « fuit » le bavardage :
Son pétrin et sa pipe,..... il ne sort pas de là.

47.   Madame Clément LOTH, sa Femme.

De leur logis commun souveraine maîtresse,
Maîtrisant son mari, qui ne s'en doute pas,
Elle administre en paix, gouverne avec sagesse,
Et cela va durer jusqu'au commun trépas.

48.   MONSIEUR ALFRED DUSSART FILS,
Clerc d'Huissier, notre ami.

Près du café Gobron, et non loin de la gare,
Légèrement blindés, causant avec fracas,
J'ai vu trois citoyens, allant sans crier gare :
C'était l'ami Dussart, flanqué..... de deux soldats !!!

49.   MADAME VEUVE LAURENT,
Notre « aimable » voisine.

De son auguste arrêt le sens indiscutable.
Semble tarir ma verve, et glacer tous mes feux ;
Que dirai-je, au surplus, qui ne soit véritable ??
Elle est bonne, elle est sage, elle a... de bien beaux yeux.

50.   L'AUTEUR,
Peint par lui-même.

Ce critique effronté, qui fait le bon apôtre,
Est un cerveau chagrin, malade, un vrai vaurien ;
Il aperçoit souvent la paille à l'œil d'un autre,
Mais il ne voit jamais la poutre dans le sien.

DÉDICACE

DE LA PREMIÈRE SÉRIE.

A Monsieur Alfred DUSSART Fils,

à Vervins.

Il est temps d'arrêter ; voilà la cinquantaine :
Ces vers que j'ai tracés.... à la hâte, et sans art,
A qui les dédier ??? Dois-je m'en mettre en peine ??
A mon vieux camarade, à mon ami Dussart.

Alfred GONTIER.

FIN DE LA PREMIÈRE SÉRIE.

MES

PORTRAITS AU CRAYON

SILHOUETTES VERVINOISES.

DEUXIÈME SÉRIE,
En deux parties, sous les numéros 1 à 5o bis, inclus.

PREMIÈRE PARTIE,
Sous les numéros 1 à 29, inclus.

A tous Seigneurs tous honneurs.

Le Président G. QUEST,
du Tribunal Civil.

Intègre, affable et bon, ce Président, le nôtre,
Est un homme de bien ; et j'aime mieux, ma foi,
Etre puni par lui — qu'acquitté par un autre,
Tant il sait nous dorer.... la pilule, et la Loi.

2.   MONSIEUR ALFRED PIETTE,
                  Premier Juge, ancien camarade de collége,

Dans le cours de sa vie, à grands traits je la trace,
Sa double passion l'a toujours dominé :
La soif de la Justice, et l'amour.... de la chasse ;
O trop heureux Alfred, — tu fus prédestiné !!!

3.   MONSIEUR GASTON BÉHENNE,
                  Deuxième Juge, — chargé de l'Instruction.

Un singulier Monsieur, que ce Gaston Béhenne,
Magistrat.... clairvoyant...., Juge d'instruction !!!
C'est lui qui met chez nous les gens à la géhenne,
Et je n'y puis songer.... sans grande émotion.

4.   MONSIEUR CHOQUET, LUCIEN,
                       Juge suppléant.

Quelqu'un me regardait hier à table d'hôte,
Avec un regard clair et froid.... qui me choquait ;
Il porte chapeau long et.... longue redingote :
Cet enfant curieux, c'est.... le petit Choquet.

5.   MAÎTRE CAMUS, FÉLIX,
                        Avoué.

L'autre jour, au Palais, j'écoutais une affaire ;
Je restais sous le charme, et ne respirais plus :
L'avocat oubliait.... d'insulter l'adversaire ;
Cet avocat étrange.... était maître Camus.

                        (Voir la deuxième Partie, N° 32.)

6.   A MONSIEUR BOUCHER, ALCIME-JÉRASIME,
        Banquier, qui m'avait fait offrir la moitié des frais d'impression,
            mais qui jusqu'aujourd'hui n'a pas tenu sa promesse.

Si j'étais un Crésus..... comme vous, mon bonhomme,
Sorti d'ancien notaire, — inoculé banquier,
Pour graver ces beaux vers, je doublerais la somme,
Et, comme un grand seigneur, je paîrais en entier.

7.   MAÎTRE FALAIZE, ALFRED,
            Avoué, successeur de Maître Édouard Larue.

Salut à ton génie, ô vertueux Falaize,
De tes œuvres le fils, esprit venu des cieux !!!
Franchis le Rubicon, tonne tout à ton aise ;
Larue est là, guidant ton vol audacieux.

8.   Madame Veuve FALAIZE,
                    Mère de l'Avoué, 81 ans.

Tenace commerçante, et verte octogénaire,
De ses nombreux enfants elle a des soins..... pieux ;
Son fils l'aime beaucoup ; de son fils elle est fière.
Qui n'en ferait autant??? Ils ont raison tous deux.

9.   Monsieur Désiré DEVOUZY,
        Fondé de pouvoirs à la Recette des finances, notre vertueux ami.

Au bureau, dans la rue, en visite, au parterre,
Qu'il soit chez sa..... voisine, ou chez son épicier,
Il a toujours raison, il ne peut pas se taire ;
Charmant garçon du reste, et joyeux financier.

10.   Maître GODFRAIN, Jules,
                Avoué, — Capitaine des Pompiers.

Très fort à tous les jeux !!! des Pompiers Capitaine,
Avocat plein de verve, et grand Conférencier ;
C'est un garçon très-chic, qui frise..... la trentaine,
Unissant tendre cœur..... à volonté d'acier.

11.   MONSIEUR DARRAS, DE LAIGNY,
            Riche et vieux Célibataire.

Il fut un grand pécheur autrefois et, pour cause,
Je n'insisterai pas sur ce sujet charmant ;
Il pêche maintenant, ce n'est plus même chose,
A la ligne..... ô mon Dieu ! Vous lui serez clément.

12.   MONSIEUR LE GAL-LEBIN,
         Chapelier, Breton, et ancien Sergent du 71ᵉ de ligne.

Ce Breton bretonnant, des sergents le modèle,
En changeant ses galons, n'a pas changé son jeu ;
Il querelle sa femme, en soufflant la chandelle,
Et s'en va dans la vie, aussi gaîment qu'au feu.

13.   MONSIEUR LÉON THIÉFAINE,
            Premier Commis aux Hypothèques.

Radical endurci, Premier-Commis hors ligne,
Que l'hymen à son joug a soumis par deux fois,
C'est un mortel heureux qui, par faveur insigne,
Sait regarder à Reims ce qu'on fait..... en Artois.

14.   LE PÈRE RAMIER,
                         Vieux grigou.

Descendant d'Harpagon, à maigre silhouette,
Le moment est venu ; je vais te dessiner :
Tu courais, sans argent, autrefois chez Pochette ;
Tu n'as plus que..... la langue, et tu cours..... le dîner.

15.   MONSIEUR VALLE PÈRE,
                   Ancien Boulanger, Marchand de bois.

Fantasque, un peu grossier, d'un esprit..... mercantile,
Avec des airs de..... dogue, une voix..... d'éléphant,
Partout il vous harcèle, au village, à la ville,
De ses mots favoris : « Affreux, ou grand truand !!! »

                              (Voir la deuxième Partie, N° 46.)

16.   MONSIEUR VALLÉ FILS,
                    Boulanger, successeur de son Père.

Il singe du papa les façons..... singulières ;
A vous le peindre entier je ne veux pas songer :
C'est un fort grand garçon, à petites manières,
Bon père, bon époux, et parfait.... boulanger !!!

17.

MONSIEUR D'HAUSSY,
Peint dans son style.

Charcutier en retraite, herbager intraitable,
Il a scié sa vie en deux compartiments;
Le premier se consacre aux douceurs de la table,
Et le second s'épuise aux plaisirs des amants.

18.

MONSIEUR AUGUSTE TERLET,
Loueur de Voitures.

Un bon homme.... affligé.... d'une méchante femme,
Laborieux, actif, — butinant quelque peu
Dans le champ du voisin, quand l'amour le réclame;
Et, quoi qu'en bégayant, — prompt à prouver son feu.

19.

MADAME A. TERLET,
Sa Femme.

Non sans raison jalouse, et quinteuse, et revêche,
Elle aime à quereller et valets, et mari;
Sa joue, hélas! n'a plus le duvet de la pêche,
Et la langue poissarde est son plat favori.

20.   MONSIEUR CHARLES CARRÉ,
                Maréchal - Ferrant, Sapeur - Pompier.
                    (Sur sa demande expresse.)

Maréchal excellent, — parfait vétérinaire,
Sa timide moitié l'apprend à filer doux,
Quand le brave garçon, « par extraordinaire »,
A trop fêté la chope, ou bien.... le rendez-vous.

21.   MONSIEUR JULES BATAILLE,
                    Commis-Banquier, notre ami.

« Viens là te mettre en face ; engageons la bataille »
« En chevaliers courtois, — et le verre à la main !!! »
Non, ma foi, je recule, — ô mon joyeux Bataille ;
Car je n'ai que de l'eau ; tu n'aimes que... le vin.

22.   MONSIEUR HIBLOT, ÉMILE,
                    Commis-Banquier, notre ami.

Il est grand travailleur, — financier plein de zèle,
Guidant fort bien la barque, et bien content de lui ;
Dire qu'il est gentil, — qu'il n'est pas infidèle,
Est chose superflue : assez pour aujourd'hui.

23.   A Madame.... X,
        Qui m'a demandé son portrait.

Si j'avais un crayon aussi parfait, Madame,
Qu'il le faudrait avoir pour tracer vos vertus,
Avec combien de feu, — quelle brûlante flamme,
Je mettrais.... à ma liste un article de plus !!!

24.   Monsieur Louis PETIT,
        Marchand-Marbrier, — grand farceur.

Pourrais-tu me donner de ton métier funèbre,
O Grand Roi des farceurs, et la rime, et le sens ???
O Rieur enragé, viens-tu des bords de l'Ebre
Claquemurer les morts, — et tuer les vivants ???

25.   Monsieur Adhémar LAMORY,
        Négociant, — Juge consulaire.

Ce Consulaire aimable, — à figure gentille,
Et dont la bouche en cœur aujourd'hui m'a souri,
Qui n'a pas de défaut,... sage comme une fille ???
C'est,.... faut-il le nommer ???.... Adhémar Lamory.

26.　　　Monsieur Paul GRIMPRET,

Marchand de charbons et cokes.

(Sur sa demande expresse.)

Ce fameux Commerçant, devenu notre idole,
Avec sa voix câline, et son air de.... furet,
Tranchant du grand seigneur, caressant.... l'hyperbole
Plus souvent qu'à son tour, c'est.... Monsieur Paul Grimpi

27.　　　Monsieur SALMON-LOISEAU,

Marchand-Horloger.

Bon père, et bon époux !!! Il l'est par trop peut-être,
S'il est vrai qu'on ait tort de se montrer trop bon ;
Car chez lui nous voyons à toute heure apparaître
Le tyran du logis, — en cornette et jupon.

28.　　　Monsieur Alfred DUBUQUQY,

Marchand et Jugê consulaire.

Un Monsieur qui promet !!! Magistrat consulaire ???
Hélas ! Dans notre ville on n'a pas un grand choix :
Il est mari charmant, autant qu'il est bon frère,
Et, malgré son air lourd, — madré comme un Cauchois.

29.   Monsieur MENNESSON, Eugène,
        Plus que quadragénaire, Célibataire.

Il sut plaire autrefois ; il plaît peut-être encore ;
Chez lui c'est don du ciel, ou le comble de l'art :
Quand je le vois passer rêveur, pâle, incolore,
Je crois voir.... Don Juan, en habit de vieillard.

FIN DE LA PREMIÈRE PARTIE.

DEUXIÈME SÉRIE.

SECONDE ET DERNIÈRE PARTIE

Sous les N°ˢ 3o à 5o bis.

..... Paulò majora canamus !!!
(VIRGILE.)

NOS ÉDILES

OU LES

VINGT-ET-UN CONSEILLERS MUNICIPAUX

DE VERVINS.

3o.   MONSIEUR ÉDOUARD LARMUZEAUX,   I.
Ancien Notaire, Célibataire.

Songeons aux gros bonnets : quittons le terre à terre ;
Quel est ce Vénérable ??? On dirait Larmuzeaux :
Il était fort galant, quand il était notaire ;
A-t-il fait pénitence...... en s'en allant aux Eaux ???

31. MONSIEUR MARIN DIET, 2.
Ancien Avoué.

Voici Maître Di-et, à la large carrure,
A l'abdomen énorme, à gorge de taureau,
Avocat sans rival, plein de désinvolture,
L'ennemi du chagrin, du travail, et... de l'eau !!!

32. MAÎTRE CAMUS, FÉLIX, 3.
Avoué.
(Voir le N° 5 ci-dessus.)

Au Conseil, comme ailleurs, il est fort sympathique;
S'il sait se faire entendre, il écoute à son tour ;
Il a le parler clair, l'argument méthodique ;
Et ce qu'il veut bien dire, il le dit sans détour.

33. MONSIEUR OUDIN-LECLÈRE, 4.
Ancien Avoué, Premier Suppléant du Juge de paix.

Mais qui vois-je là-bas ??? Monsieur Oudin-Leclère,
Second Juge de paix, Avoué retraité,
Moins piquant qu'autrefois, gros septuagénaire,
Aimant sa tabatière, et.... la tranquillité.

34.   MONSIEUR ALPHONSE THÉVENIN JEUNE,   5.
             Négociant, Premier Adjoint.

Près de lui mon cousin, Monsieur Thévenin jeune ;
(Jeune, il le fut... jadis !!!) Un Adjoint, s'il vous plaît ;
Magistrat consulaire, ayant horreur du jeûne,
Commerçant réjoui, grand ami.... du couplet.

35.   MONSIEUR JULES MAUCLÈRE,   6.
             Ancien Maître-d'Hôtel.

Passons à son voisin, Monsieur Jules Mauclère,
Ancien Maître-d'Hôtel, devenu Conseiller,
Honnête citoyen, sans fiel et sans colère,
Adorant son jardin, sa femme, et..... l'oreiller.

36.   LE DOCTEUR DÉCADI DUPUY.   7.

Aimable guérisseur, et profond politique,
Médecin..... recherché, du beau sexe surtout ;
Penseur opiniâtre, ardent à la critique,
Aujourd'hui Conseiller, et demain..... rien du tout !!!

37.   Monsieur MARCHAND,   8.
            Marchand-Peintre et Vitrier.

O trop heureux Marchand, de Vervins la merveille,
Digne enfant de Boué, peintre à la belle main,
Charmant décorateur, Conseiller de la veille,
On a les yeux sur toi ; pense à ton lendemain !!!

38.   Monsieur FLEURY,   9.
            Ancien Notaire, Banquier.

Ne touchons pas à lui ; c'est l'arche sacro-sainte,
Ce Notaire enrichi, parvenu financier,   .
Figure assez commune, et tant de fois dépeinte,
Et qui lui donne l'air..... d'un honnête épicier.

39.   Monsieur GODET,   10.
                Maire.

Mais votre tour arrive, à vous, Monsieur le Maire,
Sage administrateur, n'ayant pas d'ennemi,
Digne concitoyen, que la ville vénère ;
Et dont le fils, hélas !!! m'appelait son ami.

40.   Monsieur Émile LECAS,   11.
Ancien Commissaire-Priseur, Second Adjoint.

Tu n'as point à te plaindre, ô Lecas, ô grand homme !!!
Tu sais rouler ta bosse, et faire ton chemin ;
Toi qui, le temps venu, recueilleras la pomme ;
Toi, l'Adjoint d'aujourd'hui,..... le Maire de demain !!!

41.   Monsieur Casimir WATTEAU,   12.
Cultivateur à la Denteuse.

Voici Watteau l'ancien, — Watteau de la Denteuse,
L'élu cher et sacré..... des gens de son pays,
A l'abord un peu rude, — à l'écorce rugueuse,
Le partisan du blé, — du colza, — du maïs.

42.   Monsieur WATEAUX,   13.
Négociant.

Tout près son homonyme, à la belle prestance,
Au maintien réservé, — c'est.... Wateaux Junior,
Un peu jeune peut-être, un foudre d'éloquence,
Esprit primesautier, et surtout un cœur d'or.

43. ### Monsieur MORAUX, 14.
Commissaire-Priseur.

A côté c'est Moraux, — Moraux le Commissaire-
-Priseur, — ardent au choc, à la lutte, aux combats;
Intrépide bavard, intraitable..... adversaire,
Et dont la langue en tout veut prendre ses ébats.

44. ### Monsieur Ernest MARTIN, 15.
Marchand-Brasseur, Lieutenant des Fompiers.

Plus loin voilà Martin, — joyeux marchand de bière,
Aussi brillant chasseur — qu'excellent Conseiller,
Constamment accessible à la moindre prière,
Qui voit tout, entend tout, et sait tout.... surveiller.

45. ### Monsieur FOURNIER-DÉGAND, 16.
Négociant.

A gauche de Martin, — continuant la chaîne,
Quel est ce Conseiller ??? Monsieur Fournier-Dégand;
Il est non moins habile, et gros marchand de laine,
Et dans l'Aréopage.... il doit tenir son rang.

46.   MONSIEUR VALLÉ Père.   17.

(Voir plus haut, N° 15.)

Il paraît qu'en séance il est beaucoup moins leste,
Qu'il sait tenir son bec, ne montre pas la dent,
Qu'il est gentil.... enfin, et qu'il apprend du reste,
A garder de Conrart..... le silence prudent.

(NOTA. — Voir plus loin l'Epilogue de la 3e Série.)

47.   MONSIEUR CLOSSET, CHARLES,   18.
                         Meunier.

O cité de Vervins, c'est bien à toi que j'ose
Adresser ma semonce, et ma voix de fausset ;
De ton étourderie as-tu doublé la dose,
Quand tu mis au Conseil..... le vertueux Closset ???

48 et 49.   MESSIEURS BLANQUINQUE ET BRUCELLE,   19 et 20.
                   Anciens Pharmaciens.

Paraissez maintenant, ô Blanquinque et Brucelle,
Pharmaciens jadis, et chauds républicains,
Têtes grises tous deux, tous deux bouillants de zèle,
Tout prêts à la rescousse, et quelque peu taquins.

5o.   Monsieur PAPILLON,   21.
                          Ancien Imprimeur.

Ouf! je suis éreinté; me voilà tout en nage :
Que Monsieur Papillon, autrefois imprimeur,
Grand chercheur aujourd'hui, brille sur notre page,
Et chacun redira son goût et sa valeur.

5o bis.   AUX VINGT-ET-UN RÉUNIS.   21 bis.

J'ai voulu, Messeigneurs, peindre, l'un après l'autre,
Vous tous, en observant le respect que je dois ;
Croyez qu'en vous quittant je demeure tout vôtre,
Et laissez-moi de plus vous saluer trois fois.

DÉDICACE

DE LA DEUXIÈME SÉRIE.

A Maitre Fortuné DUBOIS,

PRÉSIDENT DE LA CHAMBRE DES AVOUÉS, A VERVINS.

Je viens te dédier — ma deuxième série,
O Roi des beaux parleurs, ô mon Maître, ô Dubois !!!
Puisque cela te plaît, que Larmuzeaux m'en prie,
Quoique je sois brisé, nous irons.... jusqu'à trois.

Alfred GONTIER.

FIN DE LA DEUXIÈME SÉRIE.

MES

PORTRAITS AU CRAYON

SILHOUETTES VERVINOISES.

Troisième Série sous les N°s 1 à 50,
avec Prologue et Epilogue.

PROLOGUE.

1. O ma Muse, il faut prendre à nouveau ta férule,
   Ramasser tes pinceaux, — aiguiser ton crayon,
   Sans pitié fustiger — et vice, et ridicule,
   Esquisser l'habit noir, la blouse, et le haillon.

2. Nous sommes engagés, — il faut tenir parole ;
   Il faut battre le fer, quand il est encor chaud,
   Relever les petits, — renverser mainte idole,
   Et, pour marquer à blanc, — attiser le réchaud.

1. MONSIEUR FÉRON !!!

1. Salut à tous tes deuils, aimable caractère,
   Citoyen de Plutarque, infortuné Féron,
   Des péchés d'un parti pauvre bouc émissaire,
   Qui du feu, pour autrui, sut tirer le marron !!!

2. Mon esprit se repose à voir ta face.... auguste,
   Que la foudre frappa sans la défigurer ;
   Je te salue encor, — grande Image du Juste,
   Pour qui l'Histoire un jour saura tout réparer !!!

2. LE PÈRE BOULOGNE !!!

Hâtez-vous lentement ; dormez sur la besogne !!!
Comme tu sais donc bien traiter ce boniment,
O royal fainéant, endormi de Boulogne,
Patron de la paresse, et du désœuvrement !!!

3. LA MÈRE ANGOT !!!

Cette antique Goton, à la forte encolure,
Auprès de « ses bourgeois » prenant un ton très-haut,
Qu'on nourrit par trop bien, — dont trop vive est l'allure,
On l'appelle Denise, ou bien..., la mère Angot !!!

4.   Monsieur Jules MAGNIER !!!

Maire de Saint-Gobert, fameux par sa farine,·
Célibataire sage — et célèbre meunier,
C'est un hôte charmant qui vous fait bonne mine,
Et qui vous reçoit bien, que nôtre ami Magnier.

LES GENS D'ÉGLISE.

Numéros 5 à 12 inclus.

5.   Monsieur le Curé de L......
   (Sur sa demande expresse.)

C'est un fort beau curé, — de galante tournure,
Aimé.... dans sa paroisse, et d'un excellent cœur ;
Il a le geste noble ; il est..... de verte allure,
Jeune et vaillant convive, et discret confesseur.

6.   Monsieur le Curé de M......
                    (Sur sa demande.)

Hélas ! Trois fois hélas !!! Entonnons la tristesse ;
Il fut si vert jadis, — compagnon si joyeux ; ·
C'est un noble débris.... du plaisir ; la sagesse
Est venue un peu tard ; hélas ! Il se fait vieux.

7.   Monsieur CATILLON,
                    Chantre.

O Dieu.... des francs buveurs, tressaille d'allégresse !!!
Je chante Catillon, — ton disciple fervent :
Pour toi seul, ô trois-six, il a de la tendresse ;
Pour toi seul, il est brave, et s'élance en avant.

8.   Monsieur BLONDIN,
                    Sacristain.

Autant que Catillon, il est homme d'église,
C'est tout dire, en un mot.... modèle des chrétiens ;
Il ne fait qu'un repas ; jamais il ne se grise ;
Et, si son prochain meurt, il lui dit : « Je te tiens ! »

9.   Monsieur MOREAU,
                          Chantre.

Le plus doux des maris, — inénarrable chantre,
Il boit modérément, — mais cependant il boit ;
C'est mon moindre grief ; car, aux besoins du ventre,
Docile il obéit, — beaucoup plus qu'il ne doit.

10.   Monsieur MOREAU,
                          Suisse.

Voici Moreau le Suisse, avec sa hallebarde,
Trottant un peu partout, et par monts, et par vaux,
Buvant sec, et fort prompt à prendre la moutarde,
« Tant le fiel entre vite en l'âme des dévots ! »

11.   Le Bedeau BÉCART.

Avec un air béat, confit, Sainte-Nitouche,
Glissant à pas comptés, — c'est... le bedeau Bécart,
Un finaud !!! Apre au gain, adorant Sainte-Touche,
Marchand de luminaire, — et saintement bavard.

12.   LE PÈRE GUILLARD,
                        Maître-Sonneur.

1. O grand sonneur de cloche, ô Guillard de mon âme,
   Disciple de Bacchus, — paraîs avec fierté !!!
   Toi, le roi du bouchon, l'homme cher à sa femme,
   Pour célébrer ton art, — je suis.... déconcerté.

2. Mais, si tu veux m'en croire, à parler sans reproche,
   Et me faire un plaisir, — écoute mes accents ;
   Redouble un peu de zèle, ô grand sonneur de cloche ;
   Et, pour plaire à nos morts, — fais mourir les vivants.

                    FIN DES GENS D'ÉGLISE.

13.   MONSIEUR HENRI WARTEL,
            Marchand-Brasseur, et Marchand de vins en gros,

C'est un mignard marchand, un brave petit homme,
Qui nous vend à la fois et la bière, et le vin,
Qui chasse notre argent, aussi bien que la pomme,
La pomme-d'Eve, amis, et ce n'est pas en vain.

14. BARBIER,
Grand mangeur !!!

Il est toujours au trot, nez au vent, le pied leste,
Courant à son étude, — ou portant son courrier ;
La fourchette à la main ne laissant pas de reste,
Phaéton de rencontre, et bien gentil Barbier.

15. L'ami PASCAL !!!

Une trogne fleurie, et moins qu'aristocrate,
Ne craignant Dieu ni diable, et sentant le.... fagot ;
Un gosier sec.... à faire.... encolérer Socrate :
Voilà l'ami Pascal, ni trop bas, ni trop haut !!!

16. Maitre FLOQUET, Cordonnier,
Sergent des Pompiers, co-adjuteur du notaire Flamant.

Sergent et... cordonnier !!! Témoin instrumentaire,
Il tient, l'une après l'autre, et la plume et la poix,
Et signe avec candeur tous actes de notaire,
Sans jamais en saisir ni le sens, ni le poids.

17.   Monsieur LEROY,
        Chef de la Musique municipale.

Le Doyen de l'archet ! le Dieu de la musique !!
Un vrai Paganini, — modeste et distingué :
Au bataillon pourtant.... on le dit despotique ;
Mais, le verre à la main, il est souvent fort gai.

18.   Paul BOHAIN,
        Commis aux Hypothèques.

Quel est donc cet enfant, surnommé Trottenville,
A la mine éveillée, au front ébouriffé ?
C'est le petit Bohain, à la langue subtile,
Ami du matador, du rams, et du café.

19.   Monsieur FISSELOTTE,
        Propriétaire.

Un monsieur des plus vifs, — et d'allure fort leste,
Affairé... sans affaire, et rêveur en marchant,
Aimant chevaux, voiture.... et chiens, chasse, et le reste,
Un peu brouillon peut-être, et pas du tout méchant.

20.   MONSIEUR BÉLODIN,
             Marchand-Tailleur, Sergent des Pompiers.

Regardez ce gaillard, — à mine rubiconde,
Constellé de rubis, — sergent, et franc-luron,
C'est Monsieur Bélodin, — connu de tout le monde,
Tailleur un peu.... volage, et rude biberon.

21.   MONSIEUR VARNIER,
                          Négociant.

N'allons pas proférer de clameurs importunes ;
Disons tout simplement entre nous, et tout bas,
Qu'il est un grand faiseur, homme à bonnes fortunes,
Sentant un peu l'antique, et dépourvu d'appas.

22.   MONSIEUR AUGUSTIN BERTHET,
                       Maître-Ramoneur.

O mon bon vieux Berthet, à la barbe si noire,
A la tête un peu folle, — illustre et tendre cœur,
Seigneur de la Raclette, insigne et plein de gloire,
Je chante ta louange, et je m'en fais honneur.

23.   MONSIEUR JULES DUFLOT,
                        Banquier.

Vieux garçon des plus gros, et Roi de la finance,
Hélas! il a perdu.... son antique vigueur;
Il a, pour le servir, Hiblot, Bataille, Hortense;
Mais c'est Hortense encor.... la plus près de son cœur.

24.   HORTENSE !!!

Elle est bien bonne fille, aimable gouvernante,
Pleine pour son Seigneur, d'attentions, de soins;
Cordon-bleu renommé, de toilette élégante,
Et fort sage d'ailleurs ; on me l'a dit du moins.

25.   MONSIEUR ALBERT DUFLOT,
                    Neveu de Jules et de Henri.

Ils sont tous vieux garçons, ces Duflot, ma parole!
Crésus en même temps, — ce qui ne gâte rien ;
Celui-ci, c'est Albert, fils de Duflot-Nicolle,
Ami de Larmuzeaux ; mais pas du tout vaurien ???

26.   MONSIEUR HENRI DUFLOT,
                    Propriétaire.

Celui-là, c'est Henri, revenu d'Amérique
Avec des monceaux d'or, gagnés par son talent ;
Il a passé la Ligne, — il a vu le Tropique ;
Et, quoique bien malade, il reste vigilant.

27.   MONSIEUR BRUGNON,
                  Marchand de grains.

Il est fort babillard, — quand il vient à l'Agence,
Mais tout-à-fait honnête, et le cœur sur la main ;
Politique à trois poils, rempli d'intelligence,
Grand viveur, et parti pour faire son chemin.

28.   MONSIEUR CHARLES DÉE,
                   Maitre-d'Hôtel.

Voulez-vous bien dîner, et faire bonne chère ???
Allez chez Charles Dée ; à l'heure, et montre en main,
Pour trois francs, mes amis, vous aurez votre affaire,
Poisson, gibier, rôtis, homard, dessert et vin.

29.   MADAME CHARLES DÉE, SA FEMME.

C'est la femme à son homme, une maîtresse-femme,
Aimant la gaudriole, et pleine de..... rondeur ;
Pour elle assurément je n'aurai pas de blâme,
Car je tiens à rester près d'elle en bonne odeur.

3o.   MONSIEUR BARROTTEAUX,
                    Charcutier.

Voulez-vous mal souper, et faire maigre chère ???
Allez chez Barrotteaux ; et, retenez-le bien,
Pour deux francs, mes amis, c'est extraordinaire,
Vous serez satisfaits ; vous n'aurez presque rien.

3i   MONSIEUR OLZA,
        Pâtissier, Suisse, qui m'a insulté sans raison.

Il était bien chétif, — quand il nous vint en France,
Tout jeune, souffreteux, avec un air dolent :
Nous avons de ce Suisse, amis, rempli la panse ;
Il engraisse, il est riche ; il devient..... insolent !!!

32.

Monsieur DIEULOT,
Marchand Boucher.

Il est tout l'opposé d'Olza, son cher beau-frère ;
C'est un bon gros boucher, tout rond et sans façon,
Franc, obligeant, honnête, et constamment sincère,
Auquel il ne sied'pas.... de faire la leçon.

33.

Monsieur Théodore BOQUET,
Marchand-Peintre et Vitrier.

Je l'avais oublié.... mon ami Théodore,
Ce peintre si connu, — fort goûté des gourmets ;
C'est un bien vieil ami, je le répète encore,
Qui trottine toujours, et n'arrive..... jamais !!!

34.

Monsieur VILLIOT,
Marchand-Quincaillier.

Allez-bien — doucement, — observez — la — mesure,
Ne — précipitez — rien, — notre — ami — Vil — li — ot ;
Aimez — fort — votre — femme, — ayez — l'âme — bien —
Ou — sinon — prenez-garde — au — voisin — Ludriot.

35.   Monsieur LUDRIOT,
              Marchand-Quincaillier, son concurrent.

C'est un fort beau garçon, très — soigné de sa mise,
Doué d'un esprit fin, — honnête commerçant :
On dit que, tous les jours, il change de chemise ;
C'est beaucoup trop ! Qu'il est....: doux; soumis, caressant.

36.   Monsieur LOISEAÚ,
               Propriétaire, plus que sexagénaire.

O ma Muse, chantons ce brillant personnage,
Ardent triomphateur des plus rudes vertus,
Séducteur invincible, — indomptable courage :
Mais s'il le fut jadis, hélas ! Il ne l'est plus !!!

37.   Monsieur CURY, 60 ans,
                         Propriétaire.

Allons, papa Cury, — paraissez à ma barre ;
Vous venez à propos, — je suis de bonne humeur ;
Vous êtes un brave homme ; et, je vous le déclare,
La sagesse viendra ; — j'en aurai la primeur.

38.   Monsieur HUILLE, 5o ans,
                Négociant, son voisin.

C'est le Roi des braillards, un fort brave et digne homme
Au fond ; j'en suis garant, ainsi que de Cury ;
On dit que d'Eve ensemble ils recherchent la pomme :
Je n'en jurerais pas ; voyez, — il a souri !!!

3g.   EVE !!!
                Sexagénaire, de Fontaine.

Cette grosse maman, frisant la soixantaine,
Prévenante, abordable, et d'engageante humeur,
C'est Madame Eve, amis, du pays de Fontaine,
Qui, si j'en crois l'histoire, aurait plus d'un charmeur.

40.   Monsieur PENANT, Père,
                Ancien Percepteur.

Vieillard bien conservé, — quoique nonagénaire,
Du plus facile accès,.... allant tout à l'uni,
Peut-être un peu.... bassin, — ce n'est pas mon affaire,
Et, malgré son grand âge, encor plus droit qu'un I.

41.   MONSIEUR PENANT-VANDELET, SON FILS,
        Président du Tribunal de Commerce et du Comice.

Président du Commerce, ainsi que du Comice,
La Fortune a pour lui sorti tous ses appas :
Une chose lui manque ; ô Ciel, sois-lui propice !!!
Il aspire à la Croix.... qu'on ne lui donne pas.

42.   MONSIEUR AUGUSTE PENANT, SON NEVEU,
        Docteur en Médecine.

Ce Médecin savant, incompris, intraitable,
Aussi haut que.... ma canne, est le petit Pépé :
Il est fort curieux, — ardent, inimitable ;
Son langage est.... pressant; son temps, — fort occupé.

43.   MONSIEUR TRENCART,
        Docteur-Médecin, — Conseiller général.

Conseiller général, — Médecin de mérite,
Il conduit à sa guise un double bâtiment :
Il vogue à tous les vents, — il avancera vite,
A moins qu'il ne se brise, et c'est là son tourment.

44.   Monsieur COCU-MICLET,
         Négociant, ancien Juge consulaire.

Cocu-Miclet, vraiment, c'est l'homme intraduisible ;
Il échappe à la plume, aux pinceaux, au crayon ;
Ce n'est pas qu'à mon œuvre il puisse être nuisible :
Il vous a l'air d'un sot, — et l'esprit d'un démon.

45.   Monsieur REBOUTTÉ,
         Ancien Aubergiste, Rentier.

De ce bon vieil enfant, du grand Matadoriste,
Vous voulez un croquis ; — qui s'en serait douté ?
C'est un gai compagnon, — un mari fantaisiste :
Salut, honneur, et joie…. au papa Reboutté !!!

46.   Monsieur Z………
         Grand Chasseur.

Déterminé chasseur, — constamment à la chasse,
Malgré le vent et l'eau, la neige et le grésil,
Inquiet, remuant, ne tenant pas en place,
La poudre est sa Déesse ; et son Dieu, — son fusil.

47.   Monsieur Albert HIBLOT,
        Maître-Maçon, Sergent-Major des Pompiers.

Brave cœur, grand enfant, et chanteur délectable,
Tout pétillant de sel et d'esprit vervinois,
C'est un maçon illustre, et d'humeur fort traitable,
Adorant le vin chaud, avec les frais minois.

48.   . Monsieur COUSIN,
                Médecin-Dentiste.

De l'illustre Cousin, le médecin-dentiste,
Ne disons point de mal, mes Vers; soyons prudents ;
Sinon, pour se venger, ce serait chose triste,
Il arracherait... tout, si j'avais mal aux dents.

49.   Monsieur CARLIER,
            Ancien Maire de Burelle.

Il fit voir sa sagesse, — en laissant là Burelle,
Ce pays trop célèbre, — où l'on va cinq contre un :
Il demeure avec nous; et, vogue la nacelle,
En moins de quelques jours, c'est l'ami de chacun.

5o. Aline LAMBERT, 20 ans,
Marchande de charbons de terre,
(Sur sa demande.)

Cette brunette fille, à figure câline,
A l'humeur enjouée, au maintien.... avenant,
C'est la fille à Lambert, c'est.... l'innocente Aline,
La Déesse du gros...., du fin...., du tout venant ???

DÉDICACE

DE LA TROISIÈME SÉRIE.

A Messieurs Désiré DEVOUZY et Pierre GUILLARD,

à Vervins.

Je vous dédie, à vous, ma troisième série,
O mes amis bien chers, Guillard et Devouzy !!!
N'allez pas m'épargner : critiquez ma furie ;
L'affaire est mise au rôle, et le juge est saisi.

Alfred GONTIER

FIN DE LA TROISIÈME SÉRIE.

ÉPILOGUE
DE LA TROISIÈME SÉRIE.

MA RÉPONSE DÉFINITIVE
Au Père VALLÉ.

(Voir la deuxième Série, N°s 15 et 46.)

> ...... Telum imbelle, sine ictu !!!
> (VIRGILE.)

1. Je suis déguenillé; c'est la loi de nature;
   C'est le lot du poëte, ou du cerveau... brûlé :
   Je vis en paria; je couche sur la dure;
   Car je suis honnête homme; et toi, père Vallé ???
   ? ? ? ? ? ? ? ? ? ? ? ? ? ? ? ? ?

2. Aboie, ô Lovelace ! Aboie, ô Vallé père !!!
   Viens panser ta blessure à ce baume malsain ;
   Viens cracher ton venin, — exhale la colère
   Qui fait pâlir ton front, et bouillonner ton sein.

3. Aboie, aboie encor !!! L'air est pur, le ciel calme;
L'Echo nous doublera tes jappements, mon vieux !
Aboie, « ô grand truand », pour recevoir la palme
De la gent aboyeuse, et du sot envieux.

4. Aboie, ô mon bon chien, cher « affreux » de mon âme
Tente à salir un nom plus digne que les tiens,
Et viens tout doucement te brûler à la flamme,
Papillon suranné, du flambeau que je tiens.

5. Ou plutôt, ce débat, il nous faudrait le clore :
Va, reprends de Conrart le silence prudent;
Je t'avais ménagé, — je te ménage encore;
« Car ton trait est sans force, et branlante est ta dent. »

6. Mais prends garde, insensé, vieux mouton de Champagne
Autant que de Panurge, aux grotesques contours !
Ne recommence pas de sitôt la campagne,
Ou sinon je prendrai... mon fouet des mauvais jours.

7. Ne me fais pas fouiller dans un passé... malpropre,
Révéler ton présent, — scruter ton avenir,
Pour flétrir tes instincts employer le mot propre,
O vieillard !!! je m'arrête, il est temps de finir.

8. Pardon pour lui, pardon à vous, Rime et Césure,
Intelligence, Esprit, Orthographe, et Clarté !!!
Il ne vous connaît pas; il vous a fait injure :
Pauvre homme, il fait pitié !!! Mettons-le de côté.

NOTE DE L'AUTEUR.

L'article « odieux et ridicule » du père Vallé contre moi était signé
« un Mouton de Champagne »; car il n'avait pas eu le courage de
signer « ce chef-d'œuvre » de son nom, tout en le colportant dans
tous les lieux publics et les rues de la ville.

Alfred GONTIER.

FIN DE L'EPILOGUE.

MES

PORTRAITS AU CRAYON

SILHOUETTES VERVINOISES.

QUATRIÈME ET DERNIÈRE SÉRIE

Sous les N°ˢ 1 à 50 bis.

1.   Arthur DUBOIS !!!

1. Ma Muse, ô mon ami, qui n'est jamais grossière,
   C'est la Muse du simple, et non du clairvoyant,
   Conservera pour toi sa douceur.... printanière, ???
   Et dira : « Tu fus bon, par suite imprévoyant. »

2. Ce n'est rien, cher Arthur ; travaille et prends courage :
   Ceins tes reins ; raidis-toi contre l'adversité ;
   L'adversité n'a rien que redoute le sage :
   Crois-moi ; j'en puis parler avec autorité.

2.   MONSIEUR LÉON TOPIN,
                          Cafetier.

Un très-brave garçon, laborieux, tenace
En tout point; après lui je ne vois nul défaut :
Disons pourtant qu'il est, puisque j'en ai la place,
L'esclave de sa femme, un peu plus qu'il ne faut.

3.   MONSIEUR NATHANAEL MARTIN-DUPONT,
                Rédacteur en Chef de l'Impartial.

                    Retour de Jersey.

Républicain pur-sang, mais neuf en politique,
Il est souvent naïf, à.... tire-larigot,
Outrant la grande phrase, enflant la didactique,
A la mode de son.... copain.... Victor Hugo.

4.   LE DOCTEUR DUPUY,
          Rédacteur en Chef (*in partibus*) de l'Impartial.

Un amour de Docteur !!! Chéri de la pratique,
Toujours content de lui, bouffi jusqu'au menton,
Et sachant réunir, vrai volcan politique,
Le talent d'Hippocrate.... aux ardeurs de Danton.

5.   Monsier Henri DOUCE,
                Rédacteur-Gérant du Journal de Vervins.

Lutteur persévérant, mais trop souvent timide,
Il cause avec talent, il raille avec esprit;
Sa morsure est honnête, et sa prose limpide
Du grand Nathanaël nous traduit le sanscrit.

6.   Dodoche GRENOUT???

Un bien petit garçon, ce candide Dodoche,
Manquant de sérieux, et de tact, et de goût;
Un talent maigre et pauvre, autant que notre poche,
Et ce n'est pas peu dire, et qu'on nomme Grenout.

7.   Jean BABINET,
                    Son *alter ego!!!*

Il n'est pas moins naïf, vous le savez du reste;
C'est son *alter ego*, je vous le dis tout net;
Castor avec Pollux, Pylade avec Oreste:
Son prénom est.... Jeannot, et son nom.... Babinet.

8.   Monsieur MERLOT???
Courtier en grains.

La moitié d'un brave homme!!! et je le flatte encore;
Il l'est tout juste assez.... pour n'être pas pendu,
Propre à tous les métiers, animal omnivore,
Sur qui de Damoclès le glaive est suspendu.

9.   RODILARD???
Personnage incomplétement connu.

Dois-je vous raconter son passé lamentable,
Ou bien redire ici ses malheurs conjugaux???
Ni l'un ni l'autre, ô ciel!!! Ma règle invariable
Est de garder mon rang, et traiter mes égaux.

10.   Madame RODILARD,
Intelligence méconnue.

Femelle échevelée, indomptable matrone,
Mâtant fort bien son homme, et lui parlant sans fard,
Forte en gueule, insolente, et ne craignant personne,
Elle sait.... rafraîchir.... la tête.... à Rodilard.

11.   Monsieur CHARLIN, de Laigny.

De notre ami Charlin voulez-vous une image,
Que je crois affaiblie, écrite sans façon???
C'est un grand laboureur, qui n'est pas toujours sage,
Fort criard par moment, mais pas méchant garçon.

12.   BRUTUS !!!

Un beau nom ! Un nom cher... en temps de République !
Mais est-il bien porté??? Nous prétendons que non,
Et nous bornerons là toute notre critique;
S'il fut jamais Brutus, c'est Brutus... Céladon!!!

13.   LA RÉPUBLIQUE FRANÇAISE ACTUELLE,
Sur la demande d'un jeune et naïf Clerc de Notaire, qui croyait m'embarrasser.

La République est sage, et sagement conduite
Par Grévy, Gambetta, Martel, et Waddington,
Et tant d'autres encor qui viennent à leur suite ;
Soyons tous avec eux : Foin de Napoléon !!!

14.　　MONSIEUR PIERRE LAMOUROUX,
　　　　Rentier.

Quincaillier retraité, devenu photographe,
Il réussit fort bien dans ce nouveau métier ;
Ce n'est pas étonnant !!! pour peu qu'il vous agrafe,
S'il vous prend en avril, il vous lâche... en janvier.

15　　　　MONSIEUR MARTIN,
　　　　Marchand de fer.

Beaucoup l'ont critiqué ; je l'estime quand même :
Ce que je puis en dire, et je le dis vraiment,
C'est qu'il est travailleur, opiniâtre, extrême
En tout, même en amour ; c'est là son châtiment.

16.　　　　MONSIEUR FOULON,
　　　　Conseiller Municipal.

Il n'est pas sans défaut, mais il est estimable
Sous bien des rapports que nous ne dirons pas tous,
Citoyen dévoué, Commandant fort capable
Des pompiers de Fontaine, et mari des plus doux.

17.   Monsieur HAZARD-DELABY,
                      Ancien Brasseur.

Ce fortuné brasseur, retiré des affaires,
Est plein tout à la fois d'honneur et de talent;
Il est marchand de lait; il cultive ses terres,
Galant homme accompli, toujours homme galant.

18.   Monsieur Emile JOVET,
                  Propriétaire et Cultivateur.

Gentil petit garçon, fort gentil, et l'idole
De ses gens, de sa femme, et de tous ses amis;
Pour en dire du mal, il faudrait que j'immole
L'honneur, la vérité, ce qui n'est pas permis.

19.   .   Madame Emile JOVET.
                  (Sur sa demande expresse.)

Dans leur ruche animée abeille industrieuse,
Elle va, vient, circule, et meut tout à son gré:
Son accueil est aimable, et sa lèvre rieuse;
Et son œil d'un beau ciel a l'éclat azuré.

20.   MONSIEUR HENRI BILLOËT,
                Riche et rustique Cultivateur.

Si la poudre n'était..... pas encore inventée,
A coup sûr ce n'est point lui qui la trouverait ;
Bonne nature au fond, et par le sort traitée
En enfant bien aimé, candide, et sans apprêt.

21.   MONSIEUR FRANÇOIS,
                Gardè-Champêtre.

Il connaît son terroir, — ce bon Garde-Champêtre,
Et d'un climat trop rude il craint les coups de vent ;
Que garde-t-il le mieux ??? Les moutons qui vont paître ???
Non : sa femme, et sa pipe, — et l'auberge.... souvent.

22.   MONSIEUR ÉMILE DOLLÉ,
                Conseiller Municipal.

On dit un peu partout qu'il est fort économe,
C'est très-bien ; Conseiller:... nullement polisson ???
Que par lui la saucisse, arrangée à la pomme,
N'est pas donnée aux chiens, avec du pain de son.

23.   A Monsieur Philippe BENNIE,

Nomade hollandais, qui me demandait un compliment.

Quand de la Terre un jour probité fut bannie,
Cherchant un domicile, enfin elle trouva
A loger un instant chez Philippe Bennie ;
Mais, le connaissant mieux, vite elle se sauva.

24.   Monsieur BARON,

Notaire.

Le notaire Baron, cet excellent jeune homme,
N'aura pas, c'est justice, un article incisif ;
Car il est sérieux, loyal, et n'a pas, comme
D'aucuns, le mauvais goût.... d'ajouter au tarif.

25.   Monsieur Adrien HERBERT,

Notaire.

Il est des plus poli, trop poli, ma parole !
L'honnêteté, l'honneur, éclairent son drapeau ;
Mais on pourrait lui dire, avec un ton frivole,
« Que de saluts, Monsieur, et de coups de chapeau !!! »

26.   Monsieur FOUQUET,

Cultivateur à Gercy.

Fouquet, mon bon ami, tâchez donc d'être sage ;
Un peu moins de boisson et de bruit, chansonnier !
Vous n'êtes pas toujours maître dans le ménage ;
Vous pourriez, en rentrant, aller *schloff* au grenier.

27.   Monsieur HESSE,

Ancien Procureur de la République.

J'en ai connu plus d'un, beaucoup moins abordable ;
Le calme est son système, ét la raison.... son fort ;
Il sait vous écouter ; et, loin d'être intraitable,
Quand il voit qu'on tient tête, il se rend, s'il a tort.

28.   Monsieur MOREAU,

Ex-Chapelier.

Il eut le bon esprit de fairè sa fortune,
Et, tout en s'amusant, d'amasser au temps chaud ;
Dire qu'il en a d'autre est chose inopportune,
Et l'amour de la chair est son moindre défaut.

NOS FACTEURS *(N° 29 à 33 inclus)*.

29.   MONSIEUR NOÉ,
Facteur rural.

Il lui faut son quatrain à Noé, le bonhomme,
Marcheur infatigable, et merveilleux facteur,
L'amateur du bon vin, et du jus de la pomme,
De tout ce qui se boit ; de plus, excellent cœur.

30.   MONSIEUR TOUPET,
Facteur de ville.

Type de servitude, et non de politesse,
Il accepte toujours la chope et le canon ;
On prétend qu'au logis sa femme est la maîtresse :
La chose est fort possible, et je ne dis pas non.

31.   MONSIEUR DUFOUR,
Facteur de ville.

Réservé par état, et de moyenne taille,
Discret, actif, exact, et mari..... des plus mous,
S'il boit un coup de vin, ce n'est qu'avec Bataille ; *
Mais, rentré dans sa boîte, il faut qu'il file doux.

(*) NOTA. — Voir la deuxième Série n° 21.

32. MONSIEUR CHARDELLE,
Facteur rural.

Il me faudrait, bien sûr, une langue immortelle,
La langue des barbiers, ou celle des tailleurs,
Pour dire tes talents, ô valeureux Chardelle,
Au piquet, au billard, à table, ou bien..... ailleurs.

33. LE PÈRE MIGNOLET,
Facteur rural.

Faisons-nous un piquet, je vous dois la revanche???
Mais êtes-vous de force, ô brave Mignolet??
Non, allons, dites-le : que votre âme s'épanche !!
Et le jeu le dirait..... aussi, — s'il le fallait.

34. MONSIEUR PRIEUR,
Cultivateur à la Bouteille.

Il a tous les malheurs, ce gentil et cher homme !
Sa femme le poursuit sans trève ni merci;
Mais, malgré tout cela, dormant toujours son somme,
Il est calme, riant; c'est un vrai sans-souci.

35.   MONSIEUR ET MADAME HENRI,
                              Alsaciens.

1. Je leur dois un sourire à ces enfants d'Alsace,
     Qui, bannis de chez eux, ont chez nous transporté,
     L'homme sa bonhomie, et la femme sa grâce,
     Compagnes toutes deux d'une franche gaîté.

2. Henri, je te salue, ainsi que vous, Madame,
     Qui venez d'un pays de tous si regretté,
     Que la France a perdu, que pleurerait mon âme,
     Tant qu'elle aspirera l'air de la liberté,

3. Si je n'avais en moi l'espérance tenace,
     Qu'affranchie à jamais de la servilité,
     A la France rendue, avant peu votre Alsace,
     Comme nous, goûtera l'air de la liberté.

36.   MONSIEUR CHAPEDELAINE,
                        Emule de Mathieu de la Drôme.

Il est vraiment sorcier, Monsieur Chapedelaine !!
Il vous lit dans le ciel, comme un autre en la main ;
Avec un air profond, et sans la moindre peine,
Le temps qu'il fit hier, il le dira..... demain!!!

37. Monsieur COURTEBOTTE,
Son beau-père, — Maître de pension.

N'allons pas sans raison, et à propos de botte,
Nous attaquer à lui, comme un godelureau :
Tu n'es pas toujours tendre, illustre Courtebotte,
Et tu nous répondrais : « *Unguibus et rostro !!!* »

38. Monsieur HERTAUT,
Coiffeur.

C'est mon barbier, Hertaut, un barbier de mérite,
Rangé, paisible, sobre, et pas du tout bavard ;
Mais, pourquoi le vanter ? Finissons au plus vite ;
Constamment occupé, travaillant tôt et tard.

39. Madame HERTAUT, sa femme,

Sa femme est, comme lui, réservée, économe,
Tenant bien la maison, attentive au devoir,
Peut-être un peu trop raide à son cher petit homme,
Mais l'aimant plus que tout, et le faisant bien voir.

40.   Monsieur ANCIAUX,
       Cafetier et Principal Clerc d'Avoué, Doyen de la Basoche vervinoise.

D'un naturel fort doux, mais pourtant sans faiblesse,
.Il sert en même temps et Bacchus, et Thémis,
Cafetier plein de zèle, et de délicatesse,
Maître-clerc des meilleurs, et mari fort soumis.

41.   Madame ANCIAUX, sa femme.

Essayer de la peindre est chose téméraire,
Et je ne redirai que ce que l'on en dit,
Qu'elle est bien bonne femme, autant que bonne mère,
Respirant la douceur, et la grâce, et l'esprit.

42.   Monsieur MUTEAU,
              Clerc de Notaire, grand Chasseur.

Chasseur fort maladroit, hormis auprès des belles,
Dont plus d'une enlacée a dû suivre son char,
Amant parfois fantasque, aux allures rebelles,
Il prend l'air de Joseph, fuyant la Putiphar.

43.   Monsieur SIMONET, 60 ans,
          Ancien Ferblantier, Rentier.

. Si j'en faisais Daphnis, Némorin, ou Clitandre,
De cet essai burlesque à bon droit rirait-on,
Lui qui préfère en sage, aux courses sur le Tendre,
Et bouteille divine, et bonnet de coton.

44.   Monsieur MOUFLART-SIMONET, son Gendre,
          Marchand Quincaillier.

Son gendre, hélas! n'a point encor même sagesse;
Il est vrai qu'il est jeune, et partant fort jaloux
..... De complaire à sa femme, et, par délicatesse,
Je n'ajouterai rien à ce tableau très-doux.

45.   Monsieur SERANT,
          Ancien Prote, Rentier.

Je suis fâché, ma foi, de te jeter le blâme,
O mon bon vieux Serant, au maintien si rassis;
Mais si tu veux m'en croire, et complaire à ta femme,
A jamais laisse là..... tabatière et trois-six !!!

46.   MONSIEUR GUSTAVE GONTIER,
                 Notre très-cher frère.

Autrefois j'ai chanté les vertus de mon frère ;
C'était mon frère aîné !!! Que dire du cadet ???
Non, il n'est pas vraiment digne de ma colère :
Laissons Monsieur Gustave ; il n'est qu'un grand benêt.

47.   MADAME POTEL-GONTIER,
                 Notre « très-chère » sœur.

Tendre sœur, bonne épouse, industrieuse mère,
Elle fait sa pelote avec un soin jaloux ;
Tout lui tourne à souhait ; tout vient la satisfaire ;
Et, jusqu'à son mari, tout est à ses genoux.

48.   MADEMOISELLE JEANNE POTEL, 18 ans.
                 Notre nièce.

Elle a de sa maman et la délicatesse,
Et la grâce, et les traits, et toute la douceur ;
C'est une enfant bénie, aimant la politesse
Presque autant que son oncle, et bien moins que sa sœur.

49.   Mademoiselle Louise POTEL, 20 ans,
Notre nièce.

Elle a de son papa la galante tournure,
L'esprit, l'intelligence, et le ton.... séducteur ;
Je ne saurais, ma nièce, et c'est vérité pure,
Que vous féliciter de l'avoir pour auteur.

5o.   BÉRANGER !!!
(Sur la demande de Louise Potel.)

Un grand nom ! Un grand cœur ! Autant qu'un grand poëte !!
A sa louange on n'en.... dira jamais assez ;
Mais pour un tel sujet ma Muse n'est pas prête :
Je finis : il fut bon ! Il fut surtout.... Français !!!

5o. bis   A Maître DUBOIS,
Avoué, Trésorier-perpétuel du Comice agricole de l'arrondissement de Vervins.

Mieux vaut votre métier que celui de poëte !!!
Le Pactole à pleins bords coule ses flots aimés
Chez vous, tandis que moi je suis toujours en dette ;
Servez donc la chicane, et ne rimez jamais.

DÉDICACE

DE LA QUATRIÈME ET DERNIÈRE SÉRIE.

Au Lecteur.

1. Puisque de dédier j'ai la monomanie,
Je la dédie à toi, Lecteur, c'est bien le moins
Pour ton aimable accueil dont je te remercie,
J'en prends le Ciel, la Terre, et toi-même, à témoins.

2. Ma verve est épuisée ; et je ferme mon Livre,
Bien incomplet sans doute, et fort mal agencé,
..... Fatigué de souffrir, et dégoûté de vivre,
Abhorrant l'avenir, le présent, le passé !!!

3. Et puis, je serai franc : je n'ai plus l'Egérie
Qui tenait mon crayon, et dirigeait mon trait ;
De mes Portraits, hélas ! la source est bien tarie,
Et pour moi le dessin n'a plus le moindre attrait.

4. Adieu, Lecteur, adieu !!! Sans bruit et sans mystère,
Une dernière fois, viens me serrer la main ;
Et rejoins tes plaisirs qu'effraîrait ma misère,
En priant pour que je..... ne sois plus là demain.

Alfred GONTIER.

FIN DE LA QUATRIÈME ET DERNIÈRE SÉRIE.

Les six articles suivants, placés hors série, ont été écrits à la suite des événements de fin janvier 1879, et m'ont valu les remerciements de Monsieur le Président de la République et de Monsieur le Président du Sénat, auxquels j'avais fait hommage de la brochure :

LE RÊVE DE DAGOBERT.

1.   MA BIENVENUE A MONSIEUR JULES GRÉVY,
     Président de la République Française, élu par 563 voix, sur 713 votants.

Grévy, je te salue, illustre patriote,
Serviteur convaincu de l'Ordre, et de la Loi,
Enfant cher à la France !!! Après un pareil vote,
Le Monde entier mettra sa confiance en toi.

2.   MES ADIEUX AU MARÉCHAL DE MAC-MAHON,
     Président démissionnaire de la République Française.

Te voilà quitte enfin, trop patiente France,
Du trop long septennat du prudent Mac-Mahon !!!
Puisse-t-il de l'Histoire, apprêtant sa balance
Avec un front sévère, obtenir le pardon !!!

3.   A Monsieur L. MARTEL,
Président du Sénat, qui a présidé le Congrès, dans la séance du 3o janvier 1879.

Deux fois Martel a bien mérité de la France :
D'abord, au Seize Mai ; puis, lorsque du Congrès,
Avec un calme antique, et sans plus de jactance,
Au Maréchal contrit il transmit les arrêts.

4.   A Monsieur Léon GAMBETTA,
            Président de la Chambre des Députés.

Toi, dont la fermeté, consolante auréole,
Aux caprices du Maître oncques ne se prêta,
Nature généreuse, aux ardeurs de créole,
Successeur de Grévy, Gloire à toi, Gambetta !!!

5.   A Monsieur Edmond TURQUET,
Député de Vervins, 2ᵉ Circonscription, Sous-Secrétaire d'Etat au Ministère de
                l'Instruction publique et des Beaux-Arts.

Il a tout doucement, avec tact et prudence,
Fait son petit chemin, notre bon Député ;
Le voilà Sous-Ministre !!! Un peu de patience
Mettra l'homme à sa place, et le « Sous » de côté.

6. LE DOCTEUR SOYE,

Député de Vervins, — 1re Circonscription.

Ce Gascon, gasconnant, de l'aimable Gascogne,
Aussi de la Fortune est un enfant gâté;
Car, sans trop le connaître, et sans plus de vergogne,
Vervins, laissant les siens, l'a fait son Député.

ALFRED GONTIER.

LA

GARENNE FALAISE !!!

~~~~~~~~~~~~~~~~~~~~~~~~~~~~~~

> O rus, quandò ego te adspiciam...
> (HORACE.)

~~~~~~~~~~~~~~~~~~~~~~~~~~~~~~

Vous qui venez ici, qu'il ne vous en déplaise,
Entrez discrètement dans ce lieu plein d'attrait,
Où la vue est charmée, où l'on respire à l'aise ;
Tranquille et cher asile, admirable retrait,
Où, loin du monde, en paix, plus d'un siècle on vivrait,
C'est toi que je célèbre, ô Garenne Falaise !!!

~~~~~~~~~~~~~~~~~~

NOTE DE L'AUTEUR.

J'ai habité quatre ans la Garenne Falaise, propriété rurale à un kilomètre de Vervins, et ce sixain, cloué contre ma cheminée, était à l'adresse de ceux qui me rendaient visite.

ALFRED GONTIER.

LA COLOMBE,

OU UN ACCÈS DE MISANTHROPIE.

1. Voyez cette colombe : elle a l'aile blessée,
   Et tombe étourdiment en une basse-cour ;
   Déjà la gent du lieu, grondante, courroucée,
   Fond sur elle en tumulte, et devient son vautour.

2. Ainsi dans ce beau monde, où le ciel me fit naître,
   Je ne sais trop pourquoi ! sans doute par erreur,
   Je plains profondément l'être infortuné, l'être
   Qu'a frappé du Destin une aveugle fureur.

3. Peut-être vous croirez, âme douce et naïve,
   Et tout imbue encor des pensers du berceau,
   Qu'autour du malheureux une foule attentive
   Viendra laver sa plaie, et lever son fardeau.

4. Vous ne savez donc point qu'ici-bas l'Egoïsme,
   De tout temps, sut tracer d'inexorables lois,
   Et que chacun se fait un affreux héroïsme
   D'être de la douleur insensible à la voix.

5. Eh bien ! regardez-la, cette foule charmante !!!
　 Elle rit de ses pleurs qu'elle a vus d'un œil sec,
　 Et fondant sur sa proie, affaissée, expirante,
　 Comme un coq furieux..., l'achève... à coups de bec.

6. Oh ! qu'avec passion j'irais, nouvel Ovide,
　 Si le Ciel m'eût donné son magique pinceau,
　 .... Retiré dans un coin d'une autre Thébaïde,
　 De ce monde haineux.... soulever le rideau.

7. Combien je le méprise, et combien de ma plume
　 Sortiraient de tableaux savamment retouchés,
　 Si j'allais soulever la dégoûtante écume
　 De ses vices, qu'il tient soigneusement cachés.

8. Déjà vous l'avez vu, froidement égoïste ;
　 Je vous le montrerais, bas, rampant, odieux,
　 Hypocrite, menteur, et, spectacle aussi triste,
　 De boue et d'or pour lui créant de nouveaux Dieux.

9. Je vous le dépeindrais....; mais j'erre, j'équivoque :
　 A rimer quelques vers j'ai sué sang et eau ;
　 Pour flétrir dignement les hontes de l'époque,
　 Il faudrait Juvénal, Perse, Horace, ou Boileau.

10. Indigne admirateur de ces grands satiriques,
Je ne veux pas les suivre en un pareil sujet ;
Je crains de mon Lecteur les mordantes critiques,
Et préfère en finir, que d'en être l'objet.

UN CRI DE DOULEUR.

1. Dois-je éternellement, ainsi que Prométhée,
Porter ce noir vautour à mon flanc déchiré,
Dont l'implacable faim, toujours surexcitée,
    Jamais n'a trop duré ? ? ?

2. Comme Sisyphe en pleurs, dont l'éternel supplice
Est de rouler un roc de son bras énervé,
Dois-je subir la peine, et du crime, et du vice ? ? ?
    Suis-je donc réprouvé ? ? ?

3. Toujours aurai-je au cœur cette irritante angoisse,
Qui fait mes jours sans joie, et mes nuits sans sommeil,
Et ces soucis rongeurs, dont l'affreux essaim froisse
    Ma pensée en éveil ? ? ?

4. J'ai vidé jusqu'au fond la coupe d'amertume,
   Et je me suis plongé dans un torrent de fiel,
   Ainsi que le frêlon, quand la faim le consume,
   · En un rayon de miel.

5. D'envieux ennemis, pour assurer ma perte,
   Se sont réunis tous, en un commun effort ;
   Elle est belle, vraiment, l'occasion offerte
   De maudire le sort !!!

6. Aussi de les maudire, eux, qui d'ignominie
   Voulaient couvrir mon front, zélés profanateurs,
   De mon honneur saignant, de ma gloire ternie,
   Les perfides auteurs !!!

7. Je devrais.... ; mais au Ciel grâces en soient rendues !
   La Haine, en aucun temps, n'eut pour moi tant d'appas :
   Cruels, rassurez donc vos âmes éperdues !!!
   Je ne vous maudis pas !!!

8. De Jésus, mis en croix, j'entends la voix touchante :
   Il voyait ses bourreaux, à sa perte acharnés,
   Et disait, soulevant sa paupière mourante,
   « Mon père, pardonnez !!! »

9. Comme lui, je pardonne ; et, de cette misère,
    Quand Dieu, me retirant, vers lui m'appellera,
    Pour moi, plein de douceur et de bonté, j'espère
        Qu'il me pardonnera !!!

AU PORTRAIT DE MON FRÈRE,

Ernest-Édouard GONTIER, Capitaine au 71ᵉ Régiment de ligne, mort à Nevers
le 31 mai 1864, à l'âge de 32 ans !!!

1. Lorsqu'à bout de courage, esseulé, misérable,
    Et dans mon spleen amer tout entier replié,
    Je jetais au papier ma plainte déplorable,
    Je blasphémais, mon frère, et t'avais oublié.

2. N'ai-je pas toujours là ton image si chère,
    Et ton cher souvenir, bien faits pour m'attacher,
    De ton œil fier et doux le franc regard, mon frère,
    Semblant partout me suivre, et partout me chercher ???

3. N'es-tu pas toujours là, dans ta sollicitude,
    Riant si je souris, sans jamais te lasser ;
    Mais observant mon front avec inquiétude,
    Quand, sous ses noirs soucis, tu le vois se baisser ???

4

4. ..... Toi, mon bel Officier, de tous le camarade,
   Qu'autrefois tant d'amis pleurèrent avec moi ;
   Toi, qui ne fus jamais..... un soldat de parade,
   Mais qui servis toujours et l'honneur, et la loi.

5. Ah ! que Dieu fut cruel, mon gentil Capitaine !!!
   Il t'a repris trop tôt — pour te joindre aux élus,
   Et me laisse ici-bas.... tout seul.... en quarantaine,
   Vivant bien tristement, ou mieux... ne vivant plus !!

6. Et je t'oubliais, moi !!! Pardon, pardon, mon frère !!!
   Ma mémoire, un instant, n'a fait que sommeiller ;
   Ne charge pas ton œil d'un regard de colère,
   Et sur ton frère, ami, — continue à veiller.

A MON CHIEN !!!

> Tempora si fuerint nubila, solus eris !!!
> (OVIDE.)

1. Le monde est faux, méchant, inique, impitoyable :
   S'il vous flatte au matin, il vous mordra le soir ;
   Et, selon que l'on est heureux ou misérable,
   Ses arrêts de hasard vous rendront blanc ou noir.

2. Aussi je fuis le monde, et fort grande est ma peine,
   Quand.il faut avec lui renouer l'entretien,
   Vivant seul, et gardant, sur mon petit domaine,
   Pour toute compagnie, un ami sûr,... mon Chien !!!

3. Mon Chien, mon bon Trilby (c'est ainsi qu'on le nomme),
   Depuis tantôt dix ans, partage mon ennui;
   Il est intelligent, fort doux, fort sage; et l'homme
   Serait certes parfait, s'il était.... comme lui.

4. Il aime fort son maître; il le suit, le console;
   Ses jappements joyeux sont son unique bien :
   Il prévaudrait en tout, s'il avait.... la parole;
   Mais le meilleur des deux, selon moi, c'est mon Chien.

5. Voilà le seul ami, qui m'ait été fidèle!
   Le seul, qui n'ait pas fui mon foyer déserté !!
   Le seul, dont je n'ai vu se ralentir le zèle !!!
   Le seul, dans le malheur, qui ne m'ait point quitté !!!

UN AN APRÈS.

6. Hélas ! Qu'est devenu mon compagnon fidèle !!!
   Il a fini ses jours par un affreux trépas :
   Dors en paix, mon bon Chien!!! Ta dépouille mortelle
   Est là !!! Ton souvenir ne me quittera pas.

A UN ENFANT BOUDEUR.

...... Qui non risêre parentes !!!
(VIRGILE.)

1. Vous qui pleurez sans cesse, et dont le cri perçant
   Déchire à tout propos le cœur de votre mère,
   Venez sur mes genoux, soumis et caressant,
   D'un ami recevoir une leçon..... sévère.

2. Etes-vous bien assis ??? Vite, séchez vos pleurs;
   Essuyez les sillons de votre humeur chagrine ;
   Et, retenez-le bien, pour les petits boudeurs,
   Ma poche n'eut jamais ni bonbon, ni praline.

3. Soyez bien attentif; fort grave est mon sujet;
   Je veux vous faire ici le portrait d'une mère;
   Que Dieu, de mon dessein qui seul connaît l'objet,
   Imprime à mes accents l'autorité d'un père !!!

4. Depuis le jour, enfant, où vous fûtes conçu,
   Que de joie en son âme !!! Et déjà d'allégresse,
   Elle aspire au moment où, sur son sein reçu,
   Vous irez lui donner sa première caresse.

5. Tantôt, croyant vous voir, elle vous tend les bras,
    Vous adresse en soi-même un maternel sourire,
    La nuit rêve de vous, et se gronde tout bas,
    Honteuse d'être prise à ce charmant délire.

6. Tantôt, plus sérieuse, elle travaille et fait,
    A celui qu'elle attend, sa superbe layette :
    Telle, pour ses petits, de mousse et de duvet,
    Bâtit un nid, bien doux, une tendre fauvette.

7. Pour qui ce linge blanc, et ce joli berceau,
    Au-dedans tout garni de dentelle et de soie,
    Qu'enguirlande en longs plis un splendide rideau??
    Pour le petit bambin, qui doit faire sa joie.

8. Mais comment retracer, et ces soins assidus,
    Et ces mille soucis, dus à votre naissance??
    Inhabile interprète, en ces vers éperdus,
    Ma voix manque déjà d'haleine et de puissance.

9. Voici venir enfin le jour si désiré,
    Qui verra s'accomplir le douloureux mystère :
    On attend ; et soudain, deux cris m'ont déchiré :
    L'un, c'est un bégaîment ; et l'autre, une prière.

10. « Donnez-moi mon enfant ! » Le cri qu'il a poussé,
    A retenti plaintif au cœur de cette sainte ;
    Elle le prend, l'embrasse, et, doucement pressé,
    Heureuse le retient en une longue étreinte.

11. Que c'est grand, une mère !!! Elle a tout oublié,
    Ses dix mois de dégoûts, et ses vives souffrances ;
    Et serrant son « trésor » de son bras replié,
    Elle a mis sa pensée entière en espérances.

12. Tandis que le gourmand, à son sein attaché,
    Dans un lait pur et doux puise à longs traits la vie,
    Souriante et rêveuse, elle a déjà cherché
    Un son, qu'elle entendra d'une oreille ravie.

13. Mais, je le vois, enfant ; vous êtes attendri ;
    Vous détournez de moi vos yeux baignés de larmes ;
    Chez vous du repentir c'est sans doute le cri :
    Hé bien ! rassurez-vous ; je vais poser les armes.

14. Je ne vous dirai point que de nuits sans sommeil
    Joyeuse elle passa, préparant un beau lange ;
    Le sourire d'un ange est si doux au réveil,
    Et chaque mère voit en son enfant un ange.

15. Et, quelques mois plus tard, c'est elle qui guidait,
Attentive au danger, votre marche incertaine ;
Et, d'un œil tout humide, elle vous regardait,
Plus que vous frémissante et d'angoisse, et de peine.

16. Tout entière asservie à vos moindres désirs,
Et de votre caprice écartant toute entrave,
Elle a sacrifié le monde, et ses plaisirs,
A celui dont elle est la trop soumise esclave.

17. Croyez-moi, cher enfant ; de l'abnégation
Le cœur de votre mère est l'insondable abîme :
Soyez reconnaissant ; — ayez compassion
De son affreux chagrin : hésiter est un crime.

18. Un poète l'a dit : tant qu'il ne sait parler,
Pour sa mère un enfant doit garder son sourire,
Et du vilain ingrat, — né pour la désoler,
Dieu ne détourne pas le mépris qu'il inspire.

19. Saint-Pierre, de là-haut le vigilant portier,
Du paradis au nez lui fermera les portes ;
Et son ange gardien, parti tout le premier,
Rejoindra, le cœur gros, les célestes cohortes.

20. De votre mère, enfant, pour avoir le pardon,
Vite allez l'embrasser, en jurant d'être sage,
A l'avenir surtout ; et, faute de bonbon,
Prenez de votre ami cette petite image.

LES TROIS VERTUS D'UNE TANTE,

En un méchant Sonnet.

1. Née, ô contraste étrange ! au milieu des vertus,
Elle a su pratiquer le culte de l'Envie,
Et dans la voie, hélas ! qu'elle a toujours suivie,
En elle rassembler les Envieux connus.

2. Mais n'entendez-vous pas un bruissement d'écus ??
C'est l'Avarice, en elle, et qui hurle, et qui crie ;
Silence, écoutez-la : la tendre Hypocrisie
D'un dernier vice voit les deux autres accrus.

3. O Muse, qui connais ma craintive impuissance,
Prête-moi tes pinceaux, ton burin, ta science ;
Viens m'aider à tout dire, ainsi qu'à tout braver :

4. Ou plutôt, malheureux, à l'ardeur qui t'emporte
Oppose un frein..... tardif; il est temps d'achever :
Pour toi, méchant rimeur, la tâche est bien trop forte

A UNE FILLE DE MARBRE.

1. Je ne veux point de toi, dont la bouche salie
A de honteux baisers se prête tous les jours,
Et dont le corps, souillé par d'ignobles amours,
Est un voile trompeur..... à ton âme avilie.

2. Mais je te reverrai quand, par un noble effort,
Revenant vers le bien dont tu ne suis la route,
Par le travail bénie, et par le ciel absoute,
Tu seras parvenue..... à relever ton sort.

3. Car je t'aime, grands Dieux ! Dans mon sang qui t'implore,
Ce sentiment impur trace un sillon de feu ;
Il embrase mes sens, les brûle, les dévore ;
Mais, plutôt que placer l'amour en si bas lieu,
J'étoufferais ce cœur, qui le laissait éclore.

4. Ma chère, écoute-moi : la vie est un miroir
Où chacun, tour à tour, reflète son image ;
Heureux qui la voit belle !!! Il est, lui, le vrai sage,
Qui sut, dans sa vertu, s'endormir vers le soir.

5. Hélas ! Je le craignais : De ta lèvre ravie,
En sons perlés, s'échappe un long rire moqueur :
Tu ris de mes conseils !!! Tu me brises le cœur ;
Pauvre enfant, prends bien garde au déclin de ta vie.

UN CONTE DE VEILLÉE

OU CONSEILS D'UN VIEILLARD A UN JEUNE HOMME

SUR LE CHOIX D'UNE CARRIÈRE.

1. C'est mon histoire, ami, que je veux te conter :
Elle fut, au début, toute pleine de charmes ;
Aujourd'hui je suis vieux, et je vis dans les larmes ;
Sois attentif, écoute, et sache en profiter.

2. Sur mon berceau du Ciel l'attentive obligeance,
A défaut de fortune, avait mis d'autres biens ;
J'eus d'excellents parents ; chacun n'a pas les siens ;
Bien aussi précieux, — j'avais l'intelligence.

3. Oui, je l'avais, ce bien, qui du Dieu créateur
Est l'émanation — et la divine essence,
Joyau rare en ce monde, où trop souvent, je pense,
On croit pur diamant un carbone menteur.

4. Confié de bonne heure à des maîtres habiles,
Je fis, en me jouant, de rapides progrès ;
Je volais, tous les ans, de succès en succès ;
Je pouvais émerger du flot des Inutiles.

5. Je voyais devant moi le chemin large et droit,
Je n'avais qu'à marcher, et suivre la carrière.
J'ai tout abandonné sottement; pourquoi faire ???
Quitter le chemin large, — en choisir un étroit.

6. Je t'ai prostituée, ô noble intelligence,
A des travaux du corps, à des soins manuels ;
Tu m'as fui !!! Mais, au moins, des séjours éternels
Jette un regard sur moi, qui pleure ton absence.

7. Ami, ne crois pas que, dans un accès d'orgueil,
Je veuille relever ce qui n'est que ruine;
J'ai dit ce que je fus; je suis ce qu'on devine,
Un être annihilé, bon à mettre..... au cercueil.

8. Arrêtons-nous un peu ; car cela m'exaspère,
   Et donnons une larme.... à ce passé lointain ;
   Les vieillards, tu le sais, le fait est trop certain,
   Ont aimé, de tout temps, à conter leur misère.

9. Sois indulgent, mon fils, il n'est pas encor tard,
   Aux propos échappés à ma douleur mortelle;
   Un grand auteur l'a dit, et je me le rappelle :
   « Honneur au bon jeune homme, écoutant le vieillard.

10. Te dirai-je ce qui de cette matinée,
    Si belle à son aurore, a fait la triste fin ? ? ?
    C'est l'inconstance en tout que l'aveugle Destin
    M'a, même avant de naître, au cœur enracinée ? ? ?

11. Ou plutôt, comme il faut à la Divinité,
    A ses heures, livrer sa victime émissaire,
    Le sort m'a désigné sans doute à la colère
    Du bras vengeur, qui m'a si rudement traité.

12. Je finis, par ces mots, de ma triste existence
    Le récit, qu'en longs traits j'aurais voulu graver,
    Exemple de ma vie où, sans rien achever,
    J'ai tout fait, entamé, repris sans persistance.

13. Ta route est indiquée, ami ; sans hésiter
Marche, d'un pas tenace, où ton goût te dirige ;
Crois un bon vieux qui t'aime ; aime-le : mais que dis-je !!!
En suivant ses conseils, ne va point l'imiter.

14. Tu prendras, de la sorte, une honorable place
Au banquet de ce monde, où tu viens de t'asseoir ;
Et tu diras ce... conte.... aux grands enfants, le soir,
Comme moi, quand des ans tu sentiras la glace.

LA MORT, C'EST LE NÉANT !!!

(RÉFLEXION PHILOSOPHIQUE ET ATHÉE.)

1. Murmurer quand on souffre, et perdre patience,
Serait hors de propos, — insensé, — malséant ;
L'homme est né pour souffrir ; il meurt par la souffrance,
La Mort, c'est le repos..... éternel, ... le Néant.

2. Aussi dans cet instant, où la Parque bénie
Coupera de mes jours le fil..... fastidieux,
Sans crainte de la Mort, sans regret de la vie,
Avec un froid dédain, je fermerai les yeux.

FIN DES SOUVENIRS DE LA GARENNE FALAISE.

LE POT AU LAIT

ou

LE RÊVE DE SABRETOUT.

PETITE COMÉDIE EN UN ACTE,
ET EN VERS.

PERSONNAGES :

1. VERSATILE, Cultivateur, et Maire de son village, —   50 ans.

2. SATANIEL, Marchand-Quincaillier, Trésorier de la Fabrique
   de l'Église, dont la situation est fort compromise par suite
   de malversations reconnues dans l'exercice de ses délicates
   fonctions, —   55 ans.

3. SABRETOUT, Lieutenant, Commandant ??? des Pompiers, —
   Aspirant-Trésorier, —   60 ans.

4. MADELEINE, bonne de Sabretout, et ancienne bonne de
   Versatile, —   entre deux âges.

---

*La scène se passe dans le cabinet de travail de Sabretout,
en 1877, au mois de Juin.*

SCÈNE PREMIÈRE.

SABRETOUT, seul.

Il est neuf heures du matin ; Sabretout, qui vient de compulser longuement un registre posé sur son bureau, et d'écrire quelques billets, se lève, et dit en se promenant :

Fichtre !!! Deux mille francs de diminution,
Puisque nous sommes seul, disons..... soustraction,
Aux fonds de la Fabrique ; et cela, quand j'y pense,
Dû, pour grande partie, à la crasse ignorance
De..... Mais, chut là-dessus !!! Ah, monsieur Sataniel,
Cher renard tout confit dans le sucre et le miel,
Chaudronnier trop dévot à la Sainte-Nitouche,
Et plus retors, au fond, que le défunt Cartouche,
Vous pourriez bien tantôt, sans vous faire prier,
Etre mis à la porte,..... et nous, le Trésorier,.....
Si j'en crois.....

SCÈNE II.

SABRETOUT, — MADELEINE, entrant.

MADELEINE.

Monsieur !!!

SABRETOUT, se retournant.

Hein !!!

MADELEINE, continuant.

C'est Monsieur Versatile,
Qui paraît fort pressé de se rendre à la ville,
Mais qui veut vous parler, Monsieur, auparavant.

SABRETOUT.

Que ne le disais-tu ??? Qu'il entre.

(*Madeleine sort.*)

SCÈNE III.

SABRETOUT, seul.

Fort souvent,
Quand on songe à quelqu'un, de lui-même il se montre

(*Entre Versatile, introduit par Madeleine qui se retire.*)

SCÈNE IV.

SABRETOUT, — VERSATILE.

VERSATILE.

(*Tristement.*)

Bonjour, cher Sabretout.

SABRETOUT.

(Avec un étonnement affecté.)

Quelle aimable rencontre,
Mon bon Monsieur le Maire, et quel heureux destin
Me vaut le rare honneur de vous voir si matin???
Mais, asseyez-vous donc !!!

VERSATILE, assis.

(Avec accablement.)

Cette plaisanterie
A trop duré, mon cher ; cessez, je vous en prie,
Cessez un jeu cruel, ou j'irai vivement
Exposer au Parquet l'objet de mon tourment,
Dénoncer d'un méchant les criminelles trames,
Et tenter de guérir un peu..... nos saintes âmes.

SABRETOUT, feignant de plus en plus l'étonnement.

Mais, voyons, de qui donc parlez-vous ??

VERSATILE.

(Du même ton.)

De celui
Qui devient, beaucoup trop, le sujet aujourd'hui
Des conversations..... de tout notre village,
D'un homme que j'aimais, que j'avais fait, j'enrage,
Mon adjoint, mon..... second ; de Sataniel, enfin.

SABRETOUT, éclatant, et parodiant d'abord l'air larmoyant de
    Versatile.

Aspergeant d'eau bénite·.... un talent..... d'aigrefin !!!

    (S'animant.)

Tartufe entré tout droit au giron de l'église,
Chez lui le goupillon couvrait la marchandise ;
Dans votre ruche..... sainte, il était le frelon,
Voilant des goûts de Juif, sous des airs de Solon ;
Vrai suppôt de Satan, dénué de superbe,
Pour surprendre sa proie, il se rasait dans l'herbe,
Et, pour mieux arrondir son malpropre butin,
Il avalait son Dieu, quasi..... chaque matin.

    (S'animant de plus en plus.)

Il a fallu, morbleu, comme..... le coup de foudre,
Souffrez ce mot,.... tout prêt à vous réduire en poudre,
Mes yeux..... de soixante ans, pour dessiller vos yeux,
Et les faire..... voir clair..... à la clarté des cieux !!!
Voilà le Sataniel,.....' l'homme saint,.... le lévite !!!
Tout en lui, jusqu'à l'âme, au dégoût vous invite,
D'un mandat sacro-saint serviteur tortueux,
Et, malgré ses hideurs, tranchant du vertueux !!!

    (Plus doucement.)

Et c'est pour ce G.....aillard que vous allez en ville,
Au Parquet ! Du scandale !! Un voyage stérile,
Croyez-moi, mon cher Maire !!! Et si vous voulez bien,

En deux heures, au plus, je vous aurai pour rien,
Et vos deux mille francs, et son titre, et sa place ;
C'est..... assez, n'est-ce pas ???

VERSATILE, se ranimant.

Sabretout,.... que de grâce
Je vous devrai !!!

SABRETOUT.

Motus !!!
(Il sonne.)

(A Madeleine qui se présente.)

Allez chez Sataniel,
Chez ce nouvel archange, envoyé par le ciel
Nous apporter ici les semences divines,
Le prier d'abréger ses prières matines,

(Ironiquement.)

(Il n'en a pas besoin, — il a tous les pardons,)
Lui dire que Monsieur, et moi, nous l'attendons,
Qu'il vienne sans tarder.

(Madeleine sort.

SABRETOUT, continuant, à Versatile.

Vous voyez que la chose
N'est pas bien difficile ; et, pendant cette pause
Que nous avons, mon...... cher, convenons de nos faits ;

(D'un air profondément détaché.)

Qui viendra remplacer celui dont les forfaits
Occupent, dites-vous, le village et la ville ? ? ?

VERSATILE, pris à l'improviste.

Tiens, je ne vois pas trop ;

(Après une réflexion laborieuse.)

Mais j'y pense, entre mille,
Vous vous trouvez le seul qui puisse convenir ;
Vous conduisez l'affaire ; il faudra la finir,
Et vous donner entier à notre chère Église ;
Vos talents, vos vertus, tout en vous est de mise.

SABRETOUT, enchanté au fond, mais voulant se faire prier.

Je suis, vous le savez, Commandant ? ? ? des Pompiers,
Conseiller..... à venir, et de nos vieux troupiers
Je commence à sentir et la fatigue, et l'âge.

VERSATILE suppliant.

Ah ! mon... ami ! ! !

SABRETOUT.

(A part.)

Ça mord ! ! !

(Feignant de prendre un grand parti.)

Eh bien ! soit, je m'engage,

Puisqu'il le faut, à vous obéir en tous points ;
D'écraser le serpent laissez-moi donc les soins :
Je vais le recevoir de ma plus belle sorte ;
Car je l'entends qui vient.

(Sataniel entre, introduit par Madeleine, qui reste près de la porte, sur un signe de son maître.)

SCÈNE V.

LES PRÉCÉDENTS, — SATANIEL, MADELEINE.

SATANIEL, allant d'un air paterne à Versatile et Sabretout.
        (Avec effusion.)
            Quel bonheur me transporte,
O mes dignes amis, de vous voir en ce lieu
Tout brillants de santé !!! J'en rends grâces à Dieu
Que j'ai fort négligé, pour plus de promptitude,
Ce matin ;
            (S'apercevant de l'air froid et sévère de ses auditeurs.)
        Doux Jésus !!! Quelle est cette attitude ???
Suis-je plus votre ami ???

SABRETOUT, de plus en plus froid, se drapant dans sa robe de
                    chambre.
                (Avec dédain.)
            Nous, Monsieur, vos amis !!!

Oui, pour notre malheur, nous le fûmes jadis ;
Mais nous vous devenons des juges implacables :
Il faut des cœurs d'airain pour punir... des coupables,
Et, quoi que vous disiez, nous serons désormais
Les vengeurs de l'Église, et vos amis,... jamais !!!

SATANIEL, troublé, s'efforçant de paraître calme.

Coupable ! moi !! De quoi !!!

SABRETOUT, montrant le registre d'un geste tragique.

Regardez ce registre ;
De tous vos noirs méfaits c'est la preuve sinistre !!!

SATANIEL.

Ciel ! on sait tout !!!

(Il tombe accablé sur un siége.)

SABRETOUT, après avoir joui de son accablement.

... Voici..., notre condition,
En deux mots ;

(Montrant Versatile, digne et glacé.)

Car Monsieur m'a donné mission
De la dire à sa place ; il allait à la ville
Pour porter contre vous.......

(Appuyant sur les mots.)

Une plainte inutile,

Je l'espère, si vous..... avez contrition
De ce qui s'est passé;

(Prenant les papiers posés sur le bureau.)
« Votre démission, »
« Ces billets à trois mois; signez, et l'on pardonne. »

VERSATILE, applaudissant.

(Avec admiration.)
Je n'aurais pas mieux dit !!!

SATANIEL, anéanti, en voyant que Versatile est d'accord avec
Sabretout.

Ah! le Ciel m'abandonne !!!

(Il signe, en pleurant, les papiers que lui présente Sabretout, l'un après l'autre.)

SABRETOUT prend les papiers, et après avoir examiné scrupulen-
sement les signatures, montre la porte à Sataniel, en ajoutant.

C'est bien cela, Monsieur; on ne vous retient plus;
(Ironiquement.)
Allez porter ailleurs..... vos augustes vertus.

(Sataniel sort tout penaud, après une grande révérence ironique de Madeleine, qui referme la porte bruyamment sur lui.

SCÈNE VI.

SABRETOUT, VERSATILE, MADELEINE, au fond.

SABRETOUT, à Versatile.

(Joyeusement.)

Il n'a pas été long, son procès, mon cher Maire,
Et de ce grand pêcheur nous avons fait l'affaire,
Vous le reconnaîtrez..... avec célérité;
Je puis bien m'en louer, en toute liberté.

(Montrant la démission.)

Me voilà Trésorier; car j'ai votre promesse;
Sataniel ne l'est plus !!! Je conviens qu'on lui laisse
Une place au Conseil; mais dans six mois, vraiment,
Si vous voulez m'aider tant soit peu seulement,
Pour nous débarrasser tout à fait de la clique,
Nous l'en mettrons dehors, comme de la Fabrique.

VERSATILE, enthousiasmé, lui serrant les mains avec transport.

C'est dit, cher Sabretout; et serrons-nous la main.

(Il sort, après force poignées de main, reconduit jusqu'à la porte par Sabretout.)

MADELEINE, à part, pendant tous leurs salamalecs, montrant Versatile qui s'en va,

(Avec amertume.)

Ses promesses ??? jamais n'ont eu de lendemain.

SCÈNE VII, et dernière.

SABRETOUT, MADELEINE, au fond.

SABRETOUT, revenant tout rêveur à l'entrée de la scène, sans
prendre garde à Madeleine.

Me voilà Trésorier !!! ma foi, je le répète,
Je suis content de moi ; car j'ai fait place nette ;

(Après une nouvelle réflexion.)

Dans six mois,... tout au plus..., je serai Conseiller ;
Parbleu, mon appétit commence.... à s'éveiller....

(D'un ton confidentiel, et montrant la porte par où est sorti Versatile.)

Entre nous, Versatile est beaucoup moins qu'un aigle ;
Il vous a l'air d'un cuistre, et la chanson ; sa règle
Est de tirer à lui, tant qu'il peut, et toujours,
La couverture, et l'or, — ses uniques amours ;
Il est plus que serré ; soyons franc : il est ladre,
Et, dans les Coupe-en-Quatre, il est mis hors de cadre.
Et même, à ce propos, il me revient qu'un jour
Il donnait un dîner, c'est rarement son tour,
De soixante couverts ; dans les derniers services,
Figurait un buisson....

(Riant.)

....De vingt-cinq écrevisses !!!

(Sérieusement.)

J'en conviens, c'est mon faible ; et, le cas échéant,

J'en ai mangé parfois, tout seul... un demi-cent ;
Mais là, bon gré, mal gré, ménageant l'écarlate,
Je reçus, pour ma part,... la moitié d'une patte.
Bref, on conte partout qu'il n'a pas de drapeau,
Qu'il tue en gros les pous, pour en vendre la peau ;
Tous le détestent fort, car il est... détestable ;

(Faisant jabot.)

Tandis que moi, mon Dieu, je suis très... présentable :
Mon honneur est intact ; je porte bien les gants ;
Ma tenue est correcte, et mes cheveux sont blancs ;
Je fais un bon accueil à tous, et bonne mine,
Et souvent, de grand cœur, on goûte à ma cuisine ;

(Avec fatuité.)

Enfin, l'on m'aime fort, non sans raison, vraiment,
Et de mes chers Pompiers je suis tout l'agrément.

(Après une nouvelle réflexion, de plus en plus absorbé.)

Hé ! Hé ! Si je voulais, et sans bien grande peine,
Je serais..... Maire..... ici !!!

MADELEINE, qui s'est approchée petit à petit, en ricanant silen-
cieusement.

D'un Monsieur La Fontaine,
Monsieur, ça me rappelle.....

SABRETOUT, impatienté.

(Brusquement.)

Et quoi donc, s'il te plaît???

MADELEINE.

(D'un air innocent.)

Une fable charmante,.... en vers,....

(Feignant de chercher, — tout d'un coup.)

Le Pot au Lait.

MADELEINE se sauve en riant; son maître la poursuit, en la menaçant du doigt.

La toile tombe.

Alfred GONTIER.

MON BOUQUET DE MAI A MES AMIS

CUEILLI AU PAVILLON CAIGNART, MON DOMICILE.

RÉPONSE

A CEUX QUI APPELLENT IRRÉVÉRENCIEUSEMENT CE PAVILLON

« LA FOLIE CAIGNART, »

Et qui m'associent à lui dans cette appellation.

1. Sur la route de Guise, et tout près de Guillard,
   S'élève un pavillon,.... malgré son air bonhomme,
   Et son honnête aspect, qu'à Vervins l'on dénomme,
   Les irrespectueux !!! « La Folie à Caignart »,

2. Tout de sapin bâti, — couvert de tuiles rouges,
   Persiennes vertes, et..... des carreaux de couleurs
   Diverses,.... galerie,.... avec massif de fleurs ;
   Jamais l'on n'y respire, amis, l'odeur des bouges.

3. La nuit, aux chants plaintifs parfois du rossignol,
   S'endort ma rêverie,..... avec douceur bercée,
   Ou, des flots de la brise..... aimable..... caressée,
   Vers les cieux constellés prend lentement son vol.

4. Le jour, c'est le sifflet de nos locomotives,
   Les mille bruits divers du gai chemin de fer,
   Donnant en raccourci des hôtes de l'Enfer
   Les concerts discordants, et les luttes actives.

5. Plus loin, le cimetière, avec ses monuments
   Trop multiples, hélas !!! et ses pensers austères,
   Où dorment d'un sommeil... sans fin... des Ombres chère
   Sous les yeux... sans pitié... des mornes firmaments.

6. Tout près, « des Trois-Bossus » la maison si célèbre,
   Avec son beau jardin, et ses tendres houris,
   Hôtel un peu.... coûteux, terrestre paradis,
   Éclairant de gaîté.... son voisin.... trop funèbre.

7. La joie, en ce moment, me chante sa chanson ;
   La brasserie, à droite, exhale sa fumée
   Blanchâtre, et dans les airs en nuages semée ;
   J'entends le rouge-gorge, et le joyeux pinson.

8. Tout est joyeux partout ; l'enfant rit à sa mère ;
   Fouquet, là-bas, en face, arrose son jardin ;
   Je vois courir joyeux, au train..... maint citadin ;
   Et, moi, j'ai relégué toute pensée.... amère.

9. Venez me voir, amis ; n'attendez pas trop tard,
Ma gaîté s'en irait ; venez, venez bien vite ;
Vous trouverez, au lieu... d'un sombre et triste ermite
Un fou joyeux.... dedans.... « La Folie à Caignart. »

UN MOIS APRÈS.

10. Ou mieux, si vous voulez en croire un bon apôtre,
(Il faut bien me venger, et notre ami Caignart,)
Messieurs, c'est un souhait que je forme un peu tard :
Ne soyez pas plus fous ni que l'un, ni que l'autre.

Écrit au Pavillon Caignart, le 1ᵉʳ Mai 1879.

Alfred GONTIER.

LE

RÊVE DE DAGOBERT

COMÉDIE EN UN ACTE,

ET EN VERS.

PERSONNAGES :

1. DAGOBERT, Juge de paix, Administrateur de l'hospice de....: X, ultrà-Républicain, après avoir été ultrà-Conservateur, et ultrà « beaucoup de choses », —
70 ans.

2. BRUTUS, jeune Sous-Préfet, du plus bel avenir, Républicain austère???, ami de Dagobert, — 35 ans.

3. Jean-Baptiste, dit SCÉVOLA, domestique de Dagobert, farouche « Conservateur », — 40 ans.

4. GEORGETTE, « Gouvernante » de Brutus, —
de 20 à 25 ans.

La scène se passe dans le cabinet de Dagobert, le lendemain du vote de la Chambre sur la proposition Brisson, demandant la mise en accusation du ministère de Broglie et consorts, vers deux heures de relevée.

SCÈNE PREMIÈRE.

BAPTISTE, dit Scévola, seul, tout de rouge habillé, un plumeau à
la main.

On prétend qu'ici-bas chacun a sa marotte!!!
Je le crois volontiers en voyant mon despote,
C'est Monsieur Dagobert que je désigne ainsi,
Tout, sens dessus dessous, bouleverser ici. —
Ma foi, l'occasion est par trop scélérate;
Il me faut, un instant, désopiler la rate,
Monsieur est au Palais; Madame est au jardin;
Je peux, sans rien risquer, prendre le ton badin,
Révéler mes soucis, comme épancher ma bile;
Peut-être aurai-je après mon esprit plus tranquille.

(Avec douleur.)

Depuis tantôt deux mois, depuis le jour fatal
Où Grévy remplaça notre bon Maréchal,
Mons Dagobert est dans.... un état pitoyable;
On dirait un chrétien,... possédé par le Diable!!!
Il va, vient, sans parti pris, ni prémédité,
Jette à sa boutonnière un regard... irrité,
Ou pousse des soupirs profonds à fendre l'âme,
Et querelle ses gens, — sans oublier sa femme.
Ce ne sont que complots avec nouveau-venus,

Qu'entretiens prolongés avec l'ami Brutus,
Où l'on bavarde fort, surtout de politique,
Où l'on parle d'honneur, et puis de République,
En y réunissant, dans un esprit.... taquin,
Et le Conservateur, et...... le Républicain,

(*Ironiquement.*)

Comme si ces deux mots pouvaient... aller ensemble !!!
Je ne suis qu'une bête, et pourtant il me semble
Que quelque chose ici se trame de nouveau,
Grotesque enfantement d'un grotesque cerveau.

(*D'un ton confidentiel.*)

Et tout cela, pourquoi ??? Tiens, on possède un gendre
Qui veut la robe rouge ; et, par ma foi, d'attendre
C'est bien long ; et soi-même on va, tendant les bras
A la maudite croix,... qui ne nous viendra pas.

(*Avec colère.*)

Ce n'est pas tout encor ; regardez ce costume :
Rien qu'à me voir ainsi, ma colère s'allume !!!
Avec ce pantalon, ce gilet, ce..... tricot,
J'ai l'air d'un homard cuit, ou d'un coquelicot.

(*Avec fureur.*)

Il manquait un détail, un souvenir de bouge !!
A cet habit... affreux,... l'ignoble bonnet rouge :
Mais il me le disait, pas plus tard qu'au matin,
Il en a commandé... deux, dont un en satin,
Pour lui-même ; oh ! alors, ma bienheureuse tête,

On ne t'aura jamais... vue à pareille fête!!!

(Avec mélancolie.)

Naguère encor pourtant nous étions tout en blanc;
Mais à quoi me sert-il de me battre le flanc!!!
Du bleu si la pensée en sa cervelle est née,
Je serai... tricolore, avant la fin d'année!!!

(Après réflexion.)

Est-ce tout, non, vraiment?? Moi, Baptiste Raisin,
Enfant de Jean Louis, et de Marthe Voisin,
Fort peu républicain, car je suis honnête homme,
Savez-vous bien comment aujourd'hui je me nomme??
Je vous le donne en cent; moi, le Jean que voilà,
Il m'appelle, en deux mots,... Mutius... Scévola,
Du nom d'un... maladroit qui, la chose est fort triste,
S'est brûlé la main droite, en se trompant de piste.

(Ironiquement.)

Hé bien! Un jour si, moi, je me brûle les mains,
Ce ne sera jamais... pour les Républicains!!!

(Se grattant la tête.)

Et ma femme, Messieurs, ma gentille Louise,
Je ne sais, d'honneur, pas comment il s'autorise
A baptiser ma femme, a nom.... Calpurnia!!!
Il est vrai que la sienne est la Sempronia,...
Pauvre femme liée... à ce fou lunatique,
Assoté pour « un jour » du mot de République!!!

Jusqu'à mes deux gamins.... l'un, c'est Tibérius,...
Et l'autre, le plus jeune,.... est devenu Caius,....
Du nom de deux.... gredins, qu'on appelait les Gracques!!!
Ça me démange, aux doigts,.... à lui donner des claques ;
Avec ces fins en a, tout aussi bien qu'en us,
J'ai perdu l'appétit,..... et puis, je ne dors plus.

(Avec fatigue.)

Et lui-même, Messieurs, s'est rendu ce service,....
Ecoutez bien la fin... de mon feu d'artifice,
C'est le bouquet, la gerbe; il s'est nommé... Caton...

(Ironiquement.)

Mais il aura beau faire ; il n'est qu'un vieux croûton.

(Après réflexion.)

Ce Caton, paraît-il, était un vieil avare,
Vendant ses serviteurs, par trop âgés : Tarare!!
Sur ce point Dagobert ne peut rien envier,
Car il a les façons d'un ancien.... loup-cervier.

(D'un ton confidentiel.)

Et pour ne vous citer qu'un exemple entre mille,
Dont malheureusement ma mémoire fourmille,
Il me fit transporter, c'était l'été dernier,
Au nombre de vingt-deux, les lapins du clapier,
Alors qu'il s'en allait pour un fort long voyage,
Il me les fit porter,.... devinez-vous??? Je gage
Que non;... à l'hospice où, ce n'est vraiment pas bien.

Pendant plus de trois mois, on les nourrit pour rien.

(*Plaisamment*)

Ce serait un problème amusant et pratique,
Et facile à résoudre.... avec l'arithmétique,
De calculer, non pas.... comme certaine Cour,
L'herbe qu'a pu brouter une poule en un jour,
Mais de dire, en quintaux et de foin et d'avoine,
De combien a décru l'honoré patrimoine
Des Pauvres...., nourrissant.... les lapins affamés
Du sieur de Dagobert,....

(*Riant.*)

..... Sieur..... des plus mal famé
Mon Dieu, que voulez-vous !!! Ce néo..... Sans-Cul
Aime à bâfrer chez lui.... gratis.... la gibelotte,
Et je l'ai vu souvent, alors qu'on le servait,
L'engloutir sous le nom plus ronflant de civet.

(*Avec dégoût.*)

Je pourrais vous parler de poisson de carême,
De fumier enlevé.... sans payer, et de crême,
De détails honteux pour.... un Administrateur,
Quand il lui reste au ventre... encore un peu de cœur ;
Ce ne sont point, hélas ! sottes billevesées !!!
Mais il me monte au nez tout un flot de nausées,
En fouillant cette.... fange, et mieux vaut en finir...

(*Prêtant l'oreille avec attention.*)

Aussi bien,... certain bruit est venu m'avertir...

Bigre !!! Il est temps, mon cher, de te mettre à l'ouvrage ;

(Riant.)

Voilà.... Caton qui rentre.

(Il feint de se mettre à la besogne.)

SCÈNE II.

BAPTISTE, — GEORGETTE, entrant.

GEORGETTE.

(Riant.)

On dit qu'il n'est pas sage
De converser tout seul, et d'envoyer ses mots
Aux meubles du logis, comme autant d'étourneaux ;
Mais comment ça va-t-il, ô vertueux Baptiste,
Orateur incompris ???

BAPTISTE, se retournant, et venant à Georgette avec empressement.

Bon, c'est la...camériste,
Et non,... le cordon bleu de notre Sous-Préfet !!!
Salut, aimable enfant, dont le corsage fait
Palpiter plus d'un cœur, et le mien plus qu'un autre ;
Salut, belle Georgette !!!

GEORGETTE, riant encore.

Hé bien ! comment le vôtre
S'est laissé prendre aussi !!! Vous, homme marié,
Père de deux enfants !!! Mais, c'est d'un décrié !!!
Vous plaisantez, beau Sire ???

BAPTISTE, feignant l'exaltation.

Hélas ! belle Georgette,
Je voudrais plaisanter ; mais non, je le répète,
J'ai le cœur pris, bien pris, dans vos traîtres filets.

GEORGETTE, riant plus fort.

Et c'est pour ce motif, faquin, que vous enflez
Le ton, la voix, le geste, et surtout....le costume !!!
Savez-vous bien, mon cher, que vous risquez un rhume
Avec ce bel habit, — trop clair pour la saison,
Qui vous donne un faux air...de pantin, ou d'oison ???
D'où vous est donc venu ce goût de l'écarlate ???
Etes-vous aspirant-Jocrisse-ou-diplomate ???
Ça se ressemble, en somme.....

BAPTISTE.

Hélas ! n'achevez pas,
Ou je vais, à l'instant,... expirer dans vos bras....
(Tendrement.)
Plaise à Dieu !!!

GEORGETTE, feignant l'effroi.

Qu'est-ce donc !!!

BAPTISTE, plaisantant.

     C'est mon diable de maître,
Qui, toujours redoutant de se trop compromettre,
M'a sur le dos jeté... ce mirifique habit...
Tout ce qu'il fait, du reste, est du même acabit
Maintenant ; il devient plus que drôle ; il est raide.
On dira, j'en conviens, que, lorsque l'on possède
Le nom de Dagobert, et l'esprit...de travers,
On peut bien se passer..... sa culotte à l'envers.
  (Sérieusement.)
Enfin, depuis deux mois, il est mal à son aise ;
Il croit qu'on va revoir bientôt quatre-vingt-treize,
Le règne des Marat, Robespierre, et Couthon...
  (Après réflexion.)
C'est sans doute pour ça qu'il se nomme Caton,
A présent ; et que moi, c'est la raison peut-être,
J'ai nom de Scévola, par la grâce... du maître.
  (Reprenant le fil de ses idées.)
Il dit qu'on n'a jamais trop de précaution,
Qu'il faut toujours se mettre... à la dévotion...
...De celui qui gouverne, et qu'avec ce système...
  (Ironiquement.)
...On mange, à bon marché??, du poisson, en carême.

GEORGETTE, avec stupeur.

Quel affreux pot-pourri me servez-vous donc là,
Trop malheureux Baptiste, ou plutôt Scévola,
Puisque c'est Scévola, qu'aujourd'hui l'on vous nomme
Vous me feriez penser que vous êtes un homme,
Dont la cervelle va sous peu déménager;
Mais ce n'est point à ça que nous devons songer
Pour le moment,... mais bien à remplir notre office :
(Riant.)
Ne peut-on voir... Caton ???

BAPTISTE, noblement.

                 Il est où son service,
Où le devoir l'appelle; il est au tribunal,
(Plaisamment.)
Où j'entendais naguère un tapage infernal;
Mais il ne peut tarder à revenir, je pense.

GEORGETTE.

Hé bien ! vous lui direz, c'est de grande importance,
Dès qu'il sera rentré, que mon maître Brutus,
(Riant.)
Ce modèle achevé de toutes les vertus,
Dont, malgré ses dehors, le cœur est resté tendre,
(Avec fatuité.)
Et qui n'a guère ici que moi... pour le comprendre,

A besoin de le voir, et qu'il viendra tantôt...
Adieu.

(Elle fait mine de sortir.)

BAPTISTE, la retenant par la taille.

(Tendrement.)

— Mais qui vous force à me quitter sitôt ??
(Curieusement.)
Est-ce que, par hasard, un motif vous empêche
De me dire...

GEORGETTE, sans se dégager.

Du tout ; c'est pour une dépêche
Que Monsieur a reçue, et qu'il veut, sans tarder,
Montrer à votre maître, et qui doit regarder
De près ses intérêts ; je n'en sais davantage ;
(Avec un air innocent.)
Et j'ai, c'est bien connu, peu d'esprit en partage :
(D'un ton moqueur.)
Je ne devine pas, quand... on ne me dit rien ;
(Entendant tousser dans la pièce à côté.)
(Cherchant à se dégager.)
Je crois qu'il n'est que temps de rompre...l'entretien ;
Pour de bon, cette fois, c'est bien...Caton qui rentre.

BAPTISTE, la pressant sur sa poitrine.

(Ricanant.)
Quand je l'entends venir, j'en ai...du mal au ventre !!!

Adieu, bon petit cœur.

(Il embrasse Georgette à double tour.)

GEORGETTE, feignant l'irritation.

Je cours dire à Brutus

Que ....

BAPTISTE, la poussant doucement,

Courez, ô Georgette, et ne revenez plus ! ! !

(Pendant que Georgette se sauve par une porte, et que Dagobe
va rentrer par l'autre.)

BAPTISTE, continuant.

Va, cours, pudique enfant ; et si ton jeune maître,
Pour te rebaptiser, comme le mien, le traître,
Se met prochainement la cervelle à quia,
Il ne t'appellera jamais.... Lucretia.

(Il s'efface quelque peu, en feignant d'essuyer.)

SCÈNE III.

DAGOBERT, BAPTISTE.

DAGOBERT, entrant d'un pas compassé, sans voir d'abord
Baptiste.

(Avec componction.)

Je dois le confesser; oui, j'ai rendu les armes
A la nature; et moi, moi !!! j'ai versé des larmes.

(Il s'essuie les yeux avec son foulard... rouge ???)

BAPTISTE, ricanant.

(A part.)

Larmes de crocodile !!!

DAGOBERT, continuant.

Et mon cœur ulcéré
Leur montra si je suis aussi dénaturé
Qu'il le faudrait, hélas ! au moment où nous sommes !!
Si Brutus le savait, lui, le plus dur des hommes,
Comme il rirait de moi !!!

(Apercevant Baptiste.)

Tiens, c'est toi, Scévola !

(D'un air soupçonneux.)

Je ne te voyais pas ; mais que faisais-tu là ???

BAPTISTE.

(Irrité. — A part.)

Scévola !!!!!

(Répondant.)
Vous voyez, j'essuyais la poussière,
Et je disposais tout de meilleure manière,
Pour recevoir ici votre cher... Sous-Préfet ;
Il a fait prévenir qu il viendrait.

DAGOBERT.
(Avec emphase.)
En effet,
C'est chose convenue ; et mon âme inquiète
Pour plus d'une raison, ne sera satisfaite
Qu'après cette entrevue ; en attendant, je veux
Te faire, Scévola, les sincères aveux
De ma faiblesse indigne, au Palais, tout à l'heure.

BAPTISTE, haussant les épaules.
(A part.)
Rien qu'un pareil début, mon vieux, cela m'écœure !!!

DAGOBERT, avec une bonhomie inusitée.
Surtout, moque-toi bien d'un moment d'abandon !!!
(Avec douleur.)
Ce n'était point ainsi que procédait... Caton.

BAPTISTE, ricanant.
(A part.)
Caton...!!! nous y voilà.

DAGOBERT.

(Avec solennité.)

C'était à l'audience ;

J'avais, par voix d'huissier, imposé le silence ;

Et, sur mon siége assis, en sénateur romain,

D'un geste je venais de cette auguste main

D'inviter mon greffier... vraiment, sur ma parole,

Je ne me croyais pas de nature aussi mollé,

... De l'inviter à lire, en public, la teneur

Du décret qui lui nomme un jeune successeur,

(Avec mélancolie.)

Trop jeune, hélas !!! Enfin, mon cher, te l'avoûrai-je ?

C'est triste de ma part, et presque un sacrilége,

A peine ce dernier eût prêté le serment

Obligé, qu'aussitôt... un affreux serrement

De cœur me saisissait, et qu'avec mille charmes

Les rieurs du prétoire ont vu... couler mes larmes.

(Il s'essuie de nouveau les yeux avec son foulard rouge.)

BAPTISTE, se répétant avec enthousiasme.

(A part.)

Larmes de crocodile !!!

DAGOBERT, continuant.

(Avec plus de fermeté.)

Aussi, tout s'est senti

De ce vilain début, et plus d'un a pâti
D'un accès, qui se nomme accès lacrymatoire ;
L'amende et la prison, si j'ai bonne mémoire,
Ont marché de concert, et d'un pas assuré,
Sauf le dernier procès, mis en délibéré ;
J'ajoute que la chose en méritait la peine,
Et qu'un des avocats, tu le connais,... Eugène......,
Le républicain chaud, pur, ardent, convaincu,
Pour qui, sans m'en douter, j'ai sottement conçu...

BAPTISTE, interrompant.

Le clerc de l'avoué « sans peur et sans reproche »,
Et dont l'âme est plus nette, « en vers », que l'eau de roche !!
Tiens, si je le connais !!! Et son patron, aussi !!!
C'est le bien cher ami de Brutus.

(A part. — Avec ironie, en regardant son maître absorbé
Dieu merci,
Il choisit ses amis... avec soin, le cher homme !!!
Et, si c'était plus près, je l'irais dire à Rome.

DAGOBERT, se résumant.

Bref, Eugène a plaidé, vois-tu, fort longuement,
Selon son habitude, et très-peu savamment ;
Il y serait encor, — car il était en veine,
Si je n'avais remis brusquement à quinzaine...
Mais... je n'y tenais plus... ; j'avais le cœur serré...

BAPTISTE.

(Ironiquement.)

C'est un joli moyen... que le délibéré !!!
L'on esquive l'ouvrage ; et je vous félicite
D'être de ce phraseur, à si bon marché, quitte ;
C'est pensé sagement; et c'est ainsi qu'on fait,
Quand on veut...

(Entendant sonner.)

Mais voilà monsieur le Sous-Préfet;
Je cours vous le chercher.

(Il sort.)

SCÈNE IV.

DAGOBERT, seul.

Et voilà les nouvelles,
Qui viennent dissiper nos angoisses mortelles.
Peut-être, tout-à-l'heure ;... ô pensée, où vas-tu ??
Nous serons décoré pour trente ans de... vertu,
De courage, d'honneur, de... probité civique...

(Apercevant Brutus.)

Modérons nos transports, et montrons-nous stoïque.

(Brutus entre, introduit par Baptiste.)

SCÈNE V.

DAGOBERT, BRUTUS, BAPTISTE, au fond.

BRUTUS, avec embarras.

Bonjour, cher... Dagobert.

DAGOBERT.

(Avec un empressement servile.)

Monsieur le Sous-Préfet,...

(A part.)

Sa présence aujourd'hui me produit un effet !!!

(Reprenant.)

Je suis vraiment confus...

(A Baptiste rudement.)

Avance donc un siége !!!

(A part.)

Une vague terreur, bien malgré moi, m'assiége !!!

(Ils s'asseyent tous deux sur les siéges avancés par Baptiste, qui reste à les regarder curieusement.)

DAGOBERT, continuant.

(Avec brutalité, à Baptiste.)

Laisse-nous !!!

BAPTISTE, s'en allant, et jetant un dernier regard à son maître, en haussant les épaules.

(A part.)

On croirait qu'il va perdre le sens !!!

(Il sort.)

SCÈNE VI.

BRUTUS, DAGOBERT, assis tous deux.

Brutus, à Dagobert, montrant Baptiste qui s'en va.

(Avec froideur.)

Vous avec donc changé la livrée, à vos gens ???
Je n'avais pas encore aperçu ce costume,
Au dos du citoyen; pour un homme de plume,
La couleur est... foncée, et, sans vous juger mal,
Conviendrait beaucoup mieux, en temps de carnaval.

(Avec une ironie très-peu voilée.)

Tiens, je n'y pensais pas; mais c'est pour ce soir même,
Que nous devons avoir bal de la Mi-Carême :
Il se sera trop tôt... habillé; voilà tout.

DAGOBERT, quoique décontenancé, reprenant sa familiarité accoutumée, en l'absence de Baptiste.

Mais non, mon bon ami, ce n'est pas ça du tout !!
Nous avons, entre nous, causé de ce mystère;
Vous l'aurez oublié !!! Du nouveau Ministère
Je croyais m'attirer l'estime et la faveur,
En agissant ainsi : c'est par trop de ferveur
Que j'ai péché, vraiment...

BRUTUS, interrompant.

(Avec plus de froideur encore.)

Au quart d'heure où nous sommes,
Pour ne point s'attirer l'inimitié des hommes,
Il ne faut rien outrer, vous le savez, mon cher ;
(Avec une tristesse feinte.)
On vous a dénoncé ; ceci me paraît... clair.

DAGOBERT, anéanti.

Juste ciel !!!

BRUTUS.

(A part.)

Ma faiblesse est par trop ridicule ;
Il faut bien qu'à la fin il gobe... sa pilule !!!

DAGOBERT, continuant.

(Avec supplication.)
Achevez !!!

BRUTUS.

(Avec fermeté.)

Apprenez qu'hier, à l'unisson,
La Chambre a rejeté le projet de Brisson,
Fait grâce, c'est le mot, à d'odieux ministres,
Et couvert du pardon leurs desseins bien... sinistres.

DAGOBERT, levant les mains au ciel.

(Avec horreur.)

Comment...la Chambre,...hier,...a fait grâce à ces gueux,

BRUTUS, haussant les épaules.

(A part.)

Il ne se souvient plus...qu'il était avec eux.

DAGOBERT, continuant.

(Du même ton.)

...Quand supplices, jamais assez épouvantables,
N'auraient pu trop punir de pareils... misérables !!!

BRUTUS.

(Froidement.)

D'accord, cher Dagobert ; mais la Chambre a trouvé
Suffisant... de flétrir d'un vote motivé
Leurs agissements ; bref, aussitôt la séance,
Le Cabinet, surpris de son heureuse chance,
A repris, sans retard, sa dure mission,
Sur l'heure a prononcé mainte démission,
D'un membre du Parquet, entre autres ; et vous-même,
N'allez pas me lancer au moins un anathème,

Je n'y suis pour rien ; mais le fait est trop réel,
Et paraîtra demain, sans faute, à l'Officiel,
Vous êtes... remplacé, de plus,... mis en retraite...

(A part.)

Ça va lui faire faire... une drôle de tête !!!

DAGOBERT, plus qu'anéanti.

Dieux !!!!!!

BRUTUS, continuant.

Pauvre ami, de croix il n'est plus question !!

(A part.)

Vraiment, le malheureux me fait compassion !!

(Reprenant.)

Ce résultat est dû, c'est certain, à l'intrigue ;
Et l'on avait ourdi contre vous une ligue,
Cabalé sourdement, lancé... de faux rapports ;
Je veux le croire au moins ; car de vous, corps pour corps
Je suis prêt à répondre, et déjouer la ruse
De tous vos ennemis.....

SCÈNE VII.

LES PRÉCÉDENTS, — GEORGETTE.

GEORGETTE, entrant, à Brutus, avec un signe d'intelligence.

Agréez mon excuse,
Monsieur; on vous demande à votre cabinet,
(Cherchant.)
Un visage inconnu, ... Monsieur.....

(Elle donne une carte à son maître.)

BRUTUS, lisant.

........Jean Babinet,
Le nouveau Substitut..... J'y cours à l'instant même ;
Je vous suis, dites-le.

(Georgette sort.)

SCÈNE VIII.

LES PRÉCÉDENTS, moins GEORGETTE.

BRUTUS, remettant un dossier à Dagobert.

(Avec volubilité.)

Tant ma hâte est extrême,
Je vous quitte un moment ; feuilletez ce dossier,
Que j'ai reçu tantôt : Le piége est trop grossier,
Franchement, mon... ami ; l'on y parle, j'abrége,
De draps, de matelas, et de Prussiens ; que sais-je !!!
De cidre frelaté, que vous auriez... rendu,
De poussier de charbon, aux malheureux vendu
Pour du gros ; c'est ignoble !!! Allez droit à l'orage ;

(Déclamant.)

C'est dans le grand danger qu'on voit le grand courage !!!
Au revoir ; à bientôt : Comptez toujours sur moi ;
Vous avez, pour la vie, et mon cœur, et ma foi.

(Il sort, sans fermer la porte ; et Baptiste, passant la tête, écoute d'abord son maître avec curiosité, et finit par entrer au fond de la pièce. — Il tient deux bonnets rouges à la main.)

SCÈNE IX, et dernière.

DAGOBERT, puis BAPTISTE,

DAGOBERT, sortant de son anéantissement, après avoir jeté un
coup d'œil sur le dossier.

(Avec fureur.)

O Rage ! ô Désespoir !! ô Fortune ennemie !!!
N'ai-je donc tant vécu que pour me voir ravie
L'espérance où j'étais qu'on me sût décoré,
Puis reprendre un emploi, pour toujours assuré !!!
Faut-il avoir commis « gaîment » tant de bassesses,
Aux Puissances « du Jour » prodigué mes tendresses,
Renié mes amis, — retourné ma maison,
Débaptisé mes gens, vilipendé mon nom,
Laissé dans le chemin... de la fange, où j'enfonce,
Mon honheur accroché.... saignant à chaque ronce ;
Faut-il.... avoir changé tant de fois de drapeau,
Prodigué, tour à tour, tant de coups de chapeau,
A Thiers, à Mac-Mahon, comme à la République,
Et grimé mon visage.... avec ma politique ;
Faut-il.... avoir autant, entre matin et soir,
Passé du blanc au rouge, et puis du rouge au noir,

De ce qu'on méprisait... célébré la merveille,
Brisé... le lendemain... tous ses Dieux de la veille ;
Fallait-il,.... en un mot,.... retourner tant de fois
Mon habit,... pour ne voir... qu'en songe... cette croix,...
....Cette croix,... si bien due... à ma longue fatigue...

BAPTISTE, goguenardant.

(A part.)

Oui, quand on la donnait, sans vergogne, à l'intrigue ;
Mais c'est fini !!!

(Se montrant, et affectant un air niais.)

Monsieur,.... c'est.... votre chapelier,....
Vous savez-bien... celui... qu'on nomme Chevalier,....
Qui vient de m'apporter... ces deux beaux bonnets rouges ;
Voyez... comme le mien... me va bien.

(Il coiffe le bonnet rouge.)

DAGOBERT, lui arrachant le bonnet rouge qu'il a mis, et celui
qu'il a gardé à la main, et les piétinant avec fureur.

Si tu bouges,
Malheureux, prends-y garde !!!

(Reprenant le cours de ses amertumes.)

O désolation !!!
O d'un passé maudit.......... dure punition !!!

Mais au moins il me reste, en ma douleur amère,
Et pour me consoler d'un destin trop sévère,
Toute la sympathie......

BAPTISTE, éclatant, et regardant Dagobert d'un air de défi.

A toi, vieux basilic,
Il te reste... ta honte, et...le mépris public !!!

DAGOBERT, plus que stupéfait.

Que dit-il !!! Il est... fou !!!

BAPTISTE, avec amertume et hauteur.

Pas si fou qu'on le pense,
Et j'ai su te garder si longtemps le silence,
Parce que j'attendais l'instant si désiré,
Où Dieu vient mettre enfin sur toi son bras sacré.
Je sais tout,... entends-tu??? De la moindre chaumière,
De la maison du riche, et puis... du cimetière,
Mille voix m'ont porté les ires de chacun,
Qui te marquent au front... du sang d'Abel,... Caïn !!!

DAGOBERT.

Qu'est-ce à dire,... insolent ???

BAPTISTE, du même ton.

Que du sang de mon père
Ta main est rouge encore,... et, si de ma colère,...

(Avec un air navré.)

...Avec sa signature,... il l'a tué;... Maudit !!!

DAGOBERT, furieux.

Malheureux, je te chasse; et, plus un mot : j'ai dit.

BAPTISTE, jetant aux pieds de Dagobert sa casaque et son gilet
rouges, et mettant une main au bouton de son pantalon.

(Avec un rire amer.)

Tiens, je n'ai plus que lui ;...Si tu veux que je l'ôte ??
C'est alors que j'aurai.....l'air d'un vrai Sans-Culotte ;
Et qu'avec toi, pleurard..... terroriste, on pourra,
Dussent claquer tes dents,.... gémir... « le Ça ira » !!!

DAGOBERT se voile la face, tandis que Baptiste lui montre, de
son autre main, le ciel vengeur.

La toile tombe.

Alfred GONTIER.

UN RÊVE

QUI N'EST PAS CELUI DE DAGOBERT

MAIS QUI EN EST LA SUITE NATURELLE.

~~~~~~

ÉPILOGUE DE LA COMEDIE DE CE NOM

DÉDIÉ A MES AMIS.

~~~~~~~~~~~~~

1. Tout repose à Vervins, les Hommes et les Choses,
   De leur premier sommeil ; et là-bas, dans la nuit,
   Avec ses tons émus, graves, et grandioses,
   L'horloge du beffroi vient de sonner : minuit.

2. Je m'étais couché tôt, tout empourpré de fièvre,
   Laissant fenêtre ouverte, et, jeté sur mon lit,
   Je songeais, mes amis, comme « en son gîte un lièvre »,
   A ce que j'avais fait, à... ce que j'avais dit.

3. Mes artères bouillaient ; veillais-je, ou sommeillais-je,
   Je ne sais !!! En tout cas, j'avais les yeux fermés ;
   Des noires visions... le sinistre cortége
   Faisait parfois s'enfuir les pensers que j'aimais.

4. Tout à coup..., au milieu... du plus profond silence,
Comme pour ranimer mon esprit..... abattu,
J'entendis une voix....., qui disait..... en cadence,
« Alfred ! Alfred !! Alfred !!! Mon enfant, m'entends-tu ???

5. C'était une voix douce, attristée, et connue,
Celle d'un père aimé, mort depuis vingt-trois ans,
Qui venait de la chambre, esseulée, et bien nue,
Abritant aujourd'hui.... mes quarante printemps.

6. Je demeurais, amis, tout stupéfait, exsangue ;
Mes cheveux sur mon front voulaient se lever droits :
Une sorte d'effroi paralysait ma langue ;
Et toujours j'entendais la même douce voix,

7. Au milieu de la nuit,..... dans le plein du silence,
Comme pour ranimer mon esprit.... abattu,
Me disant.... lentement.... à l'oreille...., en cadence,
« Alfred ! Alfred !! Alfred !!! Mon enfant, m'entends-tu ???

8. Enfin par des efforts.... inouïs...., héroïques,
J'ouvris les yeux : ô Muse, arrive à mon secours !!!
Prête-moi des accents convaincus, énergiques,
Et d'un débit glacé viens..... échauffer le cours.

9. Au pied de mon lit,... là...!!! Se pourrait-il qu'un songe...
   Mon père, mes amis,..... assis..... je l'aperçus;.....
   Si ce fut une erreur,..... que l'erreur se prolonge!!!
   Et je bénis encor.... le choc que je reçus.....

10. Non pas tel qu'autrefois, — ressouvenir terrible,
    Mort,... bien loin...,à Clermont,.... de folie.... et de faim,
    Je le revois souvent,.... en cette année..... horrible,
    Gisant..... défiguré..... dans sa boîte de zinc......

11. De calculs éhontés..... victime lamentable,
    Offerte en holocauste.... à sa trop bonne foi,
    Trop confiante proie... aux mains... d'un misérable,
    Que j'ai depuis ....; silence, ô mon âme, tais-toi !!!

12. Non...; il avait repris ses vivantes allures,
    Son aspect paternel, — et son air enjoué;
    Son œil jetait sur moi... joyeux... les flammes pures
    Qu'il m'adressait jadis...., tout là-bas, à Douai,

13. Quand il venait chercher dans mes mains les couronnes,
    Trop nombreuses jamais.... au gré de ses désirs,
    Et ces prix qu'au Travail, ô Collége, tu donnes :
    Pauvre père, c'étaient.... ses uniques plaisirs.

14. J'avais trente ans.... de moins !!! Lui, tout bas, en cad‹
    Voyant mes yeux.... ouverts, mon esprit.... abattu,
    Redisait doucement,.... au milieu du silence,
    « Réponds-moi, mon enfant ! mon enfant, m'entends-tu

15. « Mon père, oui, je t'entends !!! » Et vers cette ombre c
    Mes bras... spontanément... se tendirent trois fois !!!
    Trois fois elle échappa ;..... dérision amère !!!
    Et pourtant j'entendis encor la même voix,

16. Au milieu de la nuit,..... dans le plein du silence,
    Comme pour ranimer mon esprit.... abattu,
    Me disant..... lentement...., à l'oreille...., en cadence,
    « Merci, mon fils, merci !!! Mon bon fils, m'entends-tu

17. « Je suis venu vers toi, du sein de la lumière, »
    « Toi, le déshérité, l'innocent..... outragé, »
    « Toi, qui seul exauças ma dernière prière ; »
    « Merci.... cent fois. ., mon fils, à toi.... qui m'as vengé

18. Ses yeux noirs rayonnaient d'une ardeur intrépide ;
    Ses lèvres vers mon front parurent se baisser ;
    J'avais le cœur... bien gros..., et la paupière humide ;
    Je tendais de nouveau.... les bras.... pour.... l'embrasser...

19. ..... Mais l'horloge, à l'instant, vint à sonner une heure !!
J'entendis un grand cri,.... puis, dans le ciel tout noir,
Courant à la fenêtre (en y pensant, je pleure),
Sa voix... qui me disait..., sanglotante, «au revoir!!! »

20. Alors, ô mes amis,... car ce n'était qu'un rêve,
Au grand cri que j'avais... jeté, je m'éveillais :
La fièvre à mon cerveau concédait une trève,
Et je ne sentis plus que... mes yeux tout mouillés.

ALFRED GONTIER.

LE RÈVE D'UN COMMISSAIRE

Dédié a Mademoiselle Céleste LA ROCHE
ET A MES AMIS.

Potus, cibi, somni, venus, omnia moderata sint !!!
(CICÉRON, DE SENECTUTE.)

Traduction libre : *Qui s'y frotte s'y pique !!!*

~~~~~~~~~~~

1. Mes bons amis, je vais vous dire
   Un bien fâcheux événement
   Qui m'est arrivé récemment;
   Ah ! plaignez tous profondément,
   Amis, mon douloureux martyre.

2. C'était lundi, le dernier jour
   De notre fête de Sainte-Anne;
   Et j'avais fêté la tisane
   Du bon Charles Dée et la manne,
   Et je voulus fêter.... l'amour.

3. Comment faire!!! Hé bien! courons vite,
   Me suis-je dit, chez la Corton,
   Dont le mari, ce vrai glouton,
   Porte si bien... coiffe en coton;
   Et je m'y rendis..... sans invite.

4. J'avoue entre nous, jarnigué!
   Moi, si peu noceur d'habitude,
   Moi l'amateur de solitude,
   Des œufs brouillés, et de l'étude,
   Mes amis, j'étais... un peu gai!!!

REFRAIN.

5. C'était la fête de Sainte-Anne,
   Et ma nièce se mariait
   A Saint-Quentin; l'on n'invitait
   Pas son oncle, à ce qu'il paraît;
   Ils ont là fait.... un coq-à-l'âne.

6. Bref, arrivé chez la.... Corton,
   Je prends une chope, et que vois-je!!!
   Au milieu d'un épais nuage
   De fumée, avec blanc corsage
   Fille jolie, en court jupon.

7. ..... Des yeux clairs comme l'eau de roche,
Ou l'âme de maint avoué,
La joue en feu, minois roué,
Le ceinturon tout..... dénoué,
Et pour nom.... Céleste.... La.... Roche???

8. D'abord, on m'agace; et, ma foi,
Je me montre très-débonnaire;
On poursuit, et l'on m'exaspère,
Et je veux prendre, en ma colère,
Avec elle..... façons..... de Roi.

9. Sur cette lèvre purpurine,
Qui vient exciter le désir,
J'essaie en effet de saisir
Un baiser qu'on paraît offrir;.....
« A la garde!! L'on m'assassine!!! »

10. J'avais reçu, sans m'en douter,
Amis, devinez, c'est inique,
Un soufflet brillant, magnifique,
Et dont ma Minerve..... exotique
Aurait bien pu ... se contenter.

11. De plus, Monsieur le Commissaire,
    Qui demeure dans la maison
    De ce brave monsieur Corton,
    Me fabriquait..... hors de saison
    Un procès..... fort peu.... nécessaire.

12. Oui, mes amis, trois jours après,
    J'appris par la voie indirecte,
    Je doute qu'elle soit correcte,
    Et très-peu, vrai! je m'en affecte,
    Qu'on m'avait fait..... un bon procès.

13. Ce froid Rimeur, à l'œil oblique,
    Dont Cicéron est le flambeau,
    Qui ne boit souvent que de l'eau,
    Et pour cause, avait, c'est trop beau,
    Un procès..... d'ivresse publique !!!

14. Ah ! Céleste, trop chère enfant,
    A notre jeune Commissaire,
    Ce magistrat si..... populaire,
    J'ai, croyez-moi, je suis sincère,
    La chasteté de..... l'éléphant !!!

15. Auprès de vous j'ai voulu rire,
Et me trouvant par trop..... osé,
Avec un bras..... scandalisé,
Vous avez trop..... brutalisé
L'enfant chéri de.... la satire.

16. ..... Enfant terrible, et non méchant,
Belle Céleste, il vous pardonne,
Et toute humeur il abandonne
Avec l'embarras, que lui donne
Le caprice d'un..... innocent !!!

17. Pourtant, écoutez, malepeste !
Un avis qui ne coûte rien ;
Je le transcris pour votre bien,
Et peut-être un peu pour le mien ;
Ne vous y frottez plus,.... Céleste !!!

18. La morale de ces couplets,
Car il faut bien que tout finisse,
Amis, n'allez jamais.... au vice,
Où vous trouverez, c'est justice,
Et... des procès, et..... des soufflets.

FIN DU RÊVE D'UN COMMISSAIRE.

PHILÉMON ET BAUCIS.

1. Je connais un vieux couple, appesanti par l'âge,
   Que je vous nommerai Philémon et Baucis,
   Malgré quatre-vingts ans, fort ardent à l'ouvrage,
   Et ne détestant pas.... la goutte de cassis.

2. L'alouette, en été, pourtant si matinale,
   Sur eux jette ses yeux, encore ensommeillés ;
   Et, durant les longs froids, leur lampe, à clarté pâle,
   Éveille les voisins, et les montre ... éveillés.

3. Baucis, le plus souvent, va tricotant la laine,
   Que, sans le moindre arrêt, Philémon prépara ;
   Ou parfois, les bras nus, et geignant à la peine,
   Elle lave ses draps, jupons, et cætera.

4. Philémon, cependant, surveille la pot-bouille,
   Fait un tour au jardin, apprête le café ;
   Tel, aux genoux d'Omphale, activant la quenouille,
   Se tenait ce héros, par l'amour agrafé.

5. La plus profonde paix règne dans ce ménage :
   Les fronts y sont riants,..... les cœurs, hospitaliers ;
   C'est le toit du travail, et la maison du sage ;
   Et la vigne, à l'entrée, a mis ses espaliers.

6. Quel spectacle enchanteur !!! L'âme se rassérène,
   Devant vos cheveux blancs, ô mes vieillards bénis !
   Quand le temps de vos nœuds aura brisé la chaîne,
   Vous serez dans le ciel, à nouveau, réunis.

LE RÊVE DE PIERRE GAILLARD !!!

Dédié a M. Eugène GLAIZE,
autrement dit « Gambetta Junior »,
Notre ami, qui nous l'a demandé, en récompense de l'amitié qu'il
nous témoigne en toute circonstance.

1. Il me faut donc, — aimable Glaize,
   Ou plutôt seigneur Gambetta,
   Raconter, pour rire à votre aise,
   Non pas le rêve de Falaise
   Qu'un souffle de vent m'apporta,

2. Mais, chose un peu moins difficile,
   Le rêve de Pierre Gaillard,
   Le bon enfant d'humeur tranquille,
   Qui ne se fait jamais de bile,
   Hormis......... quand il joue au billard.

3. Je vais vous dire sa journée,
   Et sans circonlocution ;
   Commençons par la matinée ;
   Ne faites pas mine étonnée,
   Et prêtez toute attention.

4. Vers huit heures, lorsqu'il se lève,
   Il est parfois de bonne humeur ;
   Est-ce l'effet d'un joyeux rêve ??
   A-t-il des Rois trouvé la fève ???
   Il est riant, et gai parleur.

5. Il grille une vieille bouffarde,
   En prenant son mêlé-cassis,
   Crie après la bonne qui tarde,
   Ne mange jamais, et bavarde
   Comme Philémon et Baucis.

6. Mais il faut partir pour l'étude ;
   Son air devient préoccupé ;
   Et, par une vieille habitude,
   Son front est gros d'inquiétude,
   Et de brouillards enveloppé.

7. Avant que d'entrer chez Falaize,
   Chaussé d'un léger escarpin,
   Il va, flanqué de l'ami Glaize,
   Qui n'en prend que fort à son aise,
   Tuer le ver chez....., Léon Topin.

8. Ensuite, il faut plier bagage,
   Et gagner chacun ses bureaux ;
   On se sépare avec...... courage,
   Et Pierre, arrivé tout en nage,
   Querelle d'abord Paul Bertaux.

9. Puis, muni d'un dossier quelconque,
   Au bout d'un instant il s'en va
   Chez Godfrain, ou bien chez quiconque
   Il a besoin de voir, mais oncque
   Jusqu'à l'église il n'arriva.

10. Dans la journée, à droite, à gauche,
Il passe avec gaîté son temps ;
Je ne lui fais pas de reproche ;
Il faudrait que je sois bien gauche,
Et l'on n'a pas toujours trente ans.

11. Au café de la Comédie,
Aussi bien qu'au café de Foy,
Chez Anciaux, Romby, chez Julie,
Mais pas chez Fouquet, quoi qu'on die,
Vous le voyez partout, ma foi.

12. Tout doucement le soir arrive ;
Il rentre fatigué chez lui,
Et conte, d'une voix plaintive,
A sa femme tout attentive.
Et ses travaux, et son ennui.

13. On soupe, et vers la huitième heure
Apparaît l'ami Désiré ;
On fume, on boit sans fin ni leurre,
On gronde fifille... qui pleure :
Ne plaisantons pas ; c'est sacré.

14. Sonne minuit ; près de sa femme,
    Pierre se rend tout empressé,
    Et vient réchauffer la chère âme,
    En lui communiquant sa flamme :
    Il n'est pas, comme nous, glacé.

15. Le lendemain, il recommence
    Ce métier... des plus éreintants ;
    Ah ! je l'en plains fort à l'avance,
    Car je l'aime plus qu'il ne pense ;
    Qu'il ménage un peu ses trente ans !!!

16. Et voilà tout conté le rêve
    De l'ami Pierre, en vérité ;
    Accordez-moi vite une trève,
    Et veuillez souffrir que j'achève ;
    Son rêve est.... la réalité.

17. Il est plein d'ardeur, de courage ;
    Mon témoignage, le voilà ;
    Il est bon père, et mari sage ;
    Et, chose rare, en son ménage   —
    Maître il est, quand... il n'est pas là !!!

GEORGETTE !!!

.... Miscuit utile dulci !!!
(HORACE.)

1. L'autre jour, mes amis, me trouvant en goguette,
   Je m'en fus chez Fouquet, et là je rencontrais
   Une charmante enfant, qu'on appelle Georgette,
   A l'œil noir, au teint rose, au minois doux et frais.

2. Il était un peu tard, et l'aimable fillette,
   Voyant mon embarras, m'offrit de partager
   La moitié de mon vin, le quart de sa couchette,
   Et son sein..... virginal à moi seul. ... étranger !!!

3. L'offre était..... alléchante, et le temps effroyable :
   Je grimpais l'escalier, j'entrais dans le taudis
   Q'il me plaît de nommer — le paradis du Diable,
   Où dort, sous l'édredon, ma céleste houris.

4. Mais tout bas, mes amis, à vous je le répète,
   Et je dois l'avouer — d'un air peu satisfait,
   Me trouvant un peu gris, dans les bras de Georgette,
   Pour mes dix francs, hélas! hélas!!! je n'ai rien fait.

5. Ou plûtôt je n'ai fait.... que causer avec elle ;
   Elle a la langue douce, et le ton caressant ;
   A la voir, on dirait..... Jehanne-la-Pucelle,
   Et de la Picardie elle a gardé l'accent.

6. Nous avons fort causé..... d'une foule de choses,
   Pleines de sérieux, et parfois de candeur,
   Que venaient égayer des caresses écloses
   Sous les feux, trop déçus, de sa pudique ardeur.

7 O Vénus, à genoux je te demande grâce,
   D'être resté transi près de tant de beauté ;
   J'avais servi Bacchus !!! Mais bientôt, à la place,
   Je serai tout à toi, Reine de Volupté !!!

8. Je quittais, le matin, la chère jouvencelle,
   Au grand jour, tout entier de ses charmes épris,
   Fort peu content de moi, fort embrassé par elle,
   « Honteux comme un renard, qu'une poule aurait pris. »

9. Plaignez-moi, mes amis ; plaignez la jouvencelle,
   Qui serait mal tombée aux bras d'un jouvenceau
   Déjà sur le retour, s'il ne priait pour elle ;
   Car elle est mère, hélas ! d'une enfant au berceau.

10. A sa petite fille adressez votre obole ;
    A la mère éplorée offrez votre denier :
    Elle a droit au respect, la malheureuse idole,
    Que la faim a réduite à son affreux métier.

11. Donnez-lui, mes amis, une bonne parole ;
    Montrez-lui les égards qu'elle doit espérer :
    Soyez compatissants ; donnez, cela console,
    Fait doucement sourire, ou doucement pleurer.

12. Quelques francs suffiraient pour la rendre à sa fille ;
    O Dieu des orphelins, Dieu des abandonnés,
    Viens vite à son secours ; prends-la pour ta pupille ;
    Et, vous qui le pouvez, donnez, Riches, donnez !!!

LE BAISER DE ROSINE!!!

Dédié a Maître Florestan Trop-Hardi, Avocat du ressort de la Cour d'Amiens, qui me l'a demandé.

.... Sat prata biberunt.
(VIRGILE.)

1. Elle a, m'avez-vous dit, la chevelure blonde
       De la sage Cérès,
   ..... La grâce de Vénus, sortant vierge de l'onde,
       Et les yeux azurés ;

2. Le nez de Galatée, et les fines oreilles,
       Curieuses, Dieu sait ! ! !
   Blanche gorge, éclairant ces deux choses pareilles,
       Espoir de son corset ;

3. Des pieds, des mains d'enfant, une taille divine,
       Vingt-deux ans, un cœur d'or ;
   Elle a la bouche rose, et le nom de Rosine,
       Mais n'a pas de Lindor.

4. Sa joue est veloutée, et fait rêver aux pêches ;
       Et de ses dents l'émail
   Paraît environné, par ses lèvres si fraîches,
       D'un collier de corail.

5. Oh ! la jolie enfant, l'enfant rieuse et blonde
          Comme un épi de blé,
   Comme un joyeux soleil, comme la mappemonde
          D'un beau ciel étoilé !!!

6. En valsant l'autre jour, elle a surtout su plaire
          A l'ami Florestan,
   Passé maître, malgré son aspect débonnaire,
          Aux ruses de Satan.

7. Car vous êtes souvent trop plein de male audace,
          Monsieur de Trop-Hardi !!!
   Vous en voulez la preuve??? Eh ! calmez-vous, de grâce,
          C'est facile, pardi !!!

8. N'avez-vous point osé, traître, en votre délire,
          Sur ce sein frémissant
   Arrêter vos désirs, — et vos yeux de satyre
          Sur ce front rougissant ??

9. ..._Presser de questions, brûlantes ou frivoles,
          La mutine beauté
   Dont vous serriez la taille,..... écoutant vos paroles
          D'un air..... épouvanté ???

10. .....Sur la lèvre ingénue (ah! d'horreur je frissonne),
      De ce gentil lutin
.....Cueillir effrontément, sans prévenir personne,
      Un baiser..... libertin ???

11. .....Allumer dans les sens d'une enfant qui s'ignore
      Un trouble.....inusité;
.....Embraser tout un cœur qui n'avait point encore
      Compris sa puberté???

12. Fi! monsieur, c'est vilain; et vous, mademoiselle,
      Évitez Florestan
Dont les serments s'en vont... toujours...à tire-d'aile,
      Comme neiges d'antan.

13. Je pourrais sur ce point m'étendre davantage ....
      J'ai son dossier.....complet;
.....Dire qu'il est fantasque, et trompeur, et volage,
      Et beaucoup trop.....replet :

14. Mais, c'est bien suffisant! Disons comme Virgile,
      « Les prés ont assez bu »,
Et cessons un discours, pour le moins inutile,
      Qui nous rendrait fourbu.

15. Fuyez donc l'avocat, et pensez au poète;
     Car lui ne prend jamais
De ces libertés-là; son ardeur est discrète,
     Et ses vers sont aimés.

16. De l'austère pudeur il chante la louange,
     D'un ton respectueux;
Un poète est toujours, en effet, mon bel ange,
     Un être..... vertueux.

LA LÉGENDE DE TURPIN.

POEME HÉROÏ-COMIQUE, EN 10 COUPLETS.

MONSIEUR TURPIN, AU CAFÉ, OU IL SOMMEILLE TOUJOURS.

1. Admirons les rubis, la belle crête rouge,
   Et le nez bourgeonné de ce bon vieux Turpin,
   De Turpin, mes amis, que personne ne bouge !
   L'amateur effréné de cidre et de lapin.

2. Surpris, galvanisé, je m'arrête avec charme
   Devant ce teint fleuri, ces gros yeux demi-clos,
   Et du cœur il me monte une bien douce larme,
   Devant la majesté.....du géant.....au repos.

3. Dors, ô bon vieux Turpin, sans penser à ta femme !
   Bien loin de te troubler, je veillerai sur toi :
   Et, vous qui m'écoutez, silence ! ou, sur mon âme,
   Si vous riez de lui, vous prendrez garde à moi.

MONSIEUR TURPIN, EN PROMENADE AVEC SA GARDE PRÉTORIENNE.

4. Paraissez maintenant, de la sainte phalange
   Les compagnons sacrés ; soyez là tous présents !!!
   Je ressens à vous voir comme une joie étrange,
   Et, pour vous célébrer, j'élève mes accents.

5. Parais, ô vieux Pierrot, savant joueur de boule !
   Paraissez, Dautremont, et Déhen, et Laloux,
   Joueurs non moins savants !!! Voyez, le cidre coule ;
   Turpin vous le mesure, avec un soin jaloux.

6. Trinquez, trinquez, mes vieux, et discourez ensemble
Des cancans du pays, de la pluie, et du vent,
De l'oiseau qui s'envole, et du roseau qui tremble,
De tous ces mille riens dont vous causez souvent.

7. Trinquez, trinquez encore, et jouez à la boule,
Pierrot, et Dautremont, et Déhen, et Laloux!!!
Trinquez, trinquez toujours!!! Voyez, le cidre coule;
Et Turpin le mesure, avec un soin jaloux.

8. Mais l'heure est arrivée, ô ma sainte phalange!
Il faut rentrer au poste, ensemble et promptement;
Je vous dis au revoir, et que nul ne se venge
De moi; car j'ai parlé de vous bien doucement.

9. Regagnez le bercail; rejoignez vos ménages;
Reprenez du logis les fers.....accoutumés;
Tourmentez vos tisons, et demeurez bien sages :
Demain, vous reprendrez vos cycles bien-aimés.

10. Finissez de trinquer, et de lancer la boule,
Pierrot, et Dautremont, et Déhen, et Laloux!!!
Votre canette est vide, et puis..... le temps s'écoule;
Turpin gronde, il vous faut vite rentrer chez vous.

MA RÉPONSE

AUX INEPTIES RIMÉES DU PÈRE MATTON.

(SIXAIN.)

La rime n'est pas riche, et la raison non plus,
Et vous avez pris là des soucis.... superflus :
Croyez-moi, cher monsieur ; mieux vaut écrire en prose ;
Rimer n'est pas toujours métier couleur de rose :
Et, pour trancher au vif ce sixain plein d'appas,
Je donne des conseils, et..... je n'en reçois pas.

LE RÊVE DE L'AUTEUR

Dédié a ma petite amie, ÉLISE GOURDOUX, 18 ans
LA PLUS GENTILLE FILLE DE FRANCE ET DE NAVARRE !!!

.... Et fugit ad salices.......
(VIRGILE.)

1. Vous demandez, jeunette Elise,
   Que je fasse votre portrait,
   Portrait d'amour ou bien d'église ???
   Non, je n'aurai pas la sottise
   De vous lancer ce vilain trait.

2. Vous êtes bien, ô ma mignonne,
   La douce enfant que je rêvais,
   Une enfant sage, et franche, et bonne,
   Et qui pourrait, mieux que personne,
   Savoir la bonté que...... j'avais.

3. Mais d'où vient donc, ô ma charmante,
   Que quelquefois vous soupirez,
   Que votre voix devient tremblante,
   Et qu'aussitôt l'on voit brillante
   La larme à vos yeux..... adorés ???

4. Vrai ! vous étiez un peu rêveuse
   Hier encor quand j'ai dîné
   Auprès de vous ; depuis je creuse
   La vieille tête, si hargneuse,
   De votre amoureux..... suranné.

5. De ces choses n'allez pas rire ;
   J'ai le cœur pris, vous le savez ;
   Et depuis longtemps je désire,
   O mon enfant, en mon délire,
   Etre l'objet que..... vous rêvez.

6. O ma fillette..... bien aimée,
   Que j'aime donc tes bruns cheveux,
   Et ton haleine parfumée,
   Et ton indolence.... animée,
   Ton caquetage, et tes aveux !!!

7. ...... Tes mains fines et gracieuses,
   Et le tic-tac de ton corset,
   Et tes formes harmonieuses,
   Et tes oreilles curieuses
   D'entendre ma voix..... de fausset !!!

8. Viens-là tout près, ô ma charmante,
   Conte-moi tes petits secrets,
   Secrets d'amie, et non d'amante ;
   Quel est l'objet qui te tourmente,
   Et quelqu'un t'a-t-il fait des traits ???

9. T'ai-je manqué sur quelque chose ?
   Suis-je pas très-respectueux ??
   Vraiment, c'est à peine si j'ose
   De mes tourments dire la cause ;
   Peut-on être plus....... vertueux ???

10. Tu ne dis rien, et ta main..... tremble ; .
    Tu détournes tes jolis yeux ;
    Sommes-nous plus amis ensemble???
    Mon enfant,.... Élise....., il me semble
    Avoir vu..... s'entr'ouvrir les cieux.

11. Quoi ! c'était pour moi cette joue,
    Qui s'est tendue un seul instant???
    De moi ma fillette se joue,
    Et, comme un paon qui fait la roue,
    Je vais m'en retourner content.

12. Mais c'est assez de badinage ;
    Il faut devenir..... sérieux :
    Tu me demandais ton image ;
    C'est chose accomplie, et je gage
    Que nous ne plaidons pas nous deux.

13. J'ai conté les grâces naissantes,
    Et le regard rêveur et doux,
    Et les manières.... caressantes,
    Et les œillades.... innocentes
    De la gente..... Élise Gourdoux.

14. En un mot, j'ai tenu parole
D'une très-complète façon :
Ne va point te montrer frivole ;
Tiens à ton tour, sans hyperbole,
Ta promesse, ô mon... échanson !!!

CONCLUSION

ou

REVUE DE MES TRAVAUX DE L'ANNÉE

Dédiée a Madame........ X.

> Qui Bavium non odit, amet tua carmina, Mœvi !!!
> (Virgile. — 3ᵉ églogue.)

1. Vous prétendez que la satire
Est un fort dangereux métier,
Qu'il nous absorbe tout entier,
Et qu'on ne fait pas de quartier
A qui d'autrui ne fait que rire.

2. Non, Madame, ne croyez pas
Que les poètes satiriques
Soient des gens toujours colériques,
Qui, dans leurs boutades critiques,
Passent de la vie... au trépas.

3. Horace a chanté sa campagne,
Et les délices de Tibur,
Les moissons et le raisin mûr ;
Et, plus d'une fois, c'est bien sûr,
Il fit... des châteaux en Espagne.

4. Perse, au bon temps du doux Néron,
Courant toujours la prétentaine,
De plus d'une belle inhumaine
Portait fort gentiment la chaîne,
Sans plus penser... à Cicéron.

5. Juvénal, d'affreuse mémoire,
Était quelque peu... freluquet,
Et lui, que moins que rien choquait,
Perdait souvent dans un banquet
Sa raison, si j'en crois l'histoire.

6. Madame, écoutez bien ceci :
   Il n'est pas jusqu'au doux Virgile,
   Un particulier fort tranquille,
   Qui ne se fit parfois de bile ;
   Ce qui le prouve, le voici :

7. Dans une incomparable églogue,
   Il a malmené, tant et plus,
   Et Bavius..... et Mévius,
   Deux littérateurs..... peu connus,
   Et qui n'avaient pas grande vogue.

8. Boileau, d'eux tous le plus vaurien,
   Dans ses vers du moins, je m'explique,
   Etait un homme pacifique
   Par-dessus tout ; et la chronique
   De son temps n'en dit que du bien.

9. Il nous a chanté les batailles
   Du Lutrin, au jardin d'Auteuil,
   Les melons et le chèvrefeuil,
   Et le petit bleu d'Argenteuil,
   Qui donne des douleurs d'entrailles.

10. Et moi, leur disciple aveuglé,
    J'ai chanté la chaste Georgette,
    La brave fille, un peu replète,
    Et du bon Turpin la binette,
    Et l'esprit du père Vallé.

11. J'ai célébré la gente Élise,
    Qui s'appelle Elise Gourdoux,
    Au regard rêveur et si doux,
    Sur qui je voudrais, voyez-vous,
    Faire...... un chant qui l'immortalise.

12. J'ai dit Philémon et Baucis,
    Et les mérites de Rosine,
    La blondinette si mutine,
    Et toutes ces bouches qu'avine
    L'affreux goût..... du mêlé-cassis.

13. Et le Rêve d'un Commissaire,
    Je vous l'ai conté bellement,
    Et je vous ai narré comment
    Il m'a fait, par ressentiment,
    Un procès fort peu... nécessaire.

14. Je vous ai montré la Corton,
    Unie à Céleste La... Roche,
    L'enfant sans peur et sans reproche,
    Aux yeux clairs comme l'eau de roche,
    Et Saint-Joseph, jarnicoton !!!

15. J'ai corrigé la voix criarde,
    Et le ton de l'Enfant boudeur,
    Trop souvent de mauvaise humeur,
    Presque autant que moi querelleur,
    ... Comme une vieille qui bavarde.

16. Enfin, et sans le moindre émoi,
    J'ai dit, et rien je ne réclame,
    De sa mère la bonté d'âme ;
    La mère, c'était vous, Madame ;
    Et l'Enfant boudeur, c'était... moi.

17. Vous voyez donc qu'un satirique
    Peut parfois faire un compliment,
    Qui n'est pas tourné... sottement,
    Et qu'on l'accuse... innocemment
    D'avoir troublé la paix publique.

18. Dans ces strophes sans grand'valeur,
    Madame, j'ai voulu vous dire
    De m'épargner ; je le désire,
    Et je serai, jusqu'au martyre,
    Votre très-humble serviteur.

ALFRED GONTIER.

MES ÉTRENNES

A LA CONFÉRENCE LITTÉRAIRE ET SCIENTIFIQUE DE PICARDIE.

LA NEIGE !!!

Tristis hiems...... ..
(VIRGILE.)

1. La neige est tombée à flocons
   Epais, et recouvre la terre
   D'un lourd linceul ; palais, chaumière,
   Ont mêmes toits, mêmes façons,
   Ressemblance bien... éphémère.

2. La rue est pleine de glaçons ;
   Le nez rougit, l'haleine gèle ;
   Et cette nuit, avec.... Angèle,
   Pour être resté froid près d'elle,
   Je faillis avoir.... des raisons.

3. L'oiseau tout effarouché crie
   Et court, en se battant le flanc,
   Au milieu du chemin tout blanc,
   Chercher de quoi, bien faiblement,
   Prolonger sa mourante vie.

4. Auprès de sa mère l'enfant,
   Presque toujours d'humeur mutine,
   Va cacher sa tête chagrine,
   Et, dans ses jupes qu'il lutine,
   Vient se nicher...... en grelottant.

5. On n'entend plus dans le bocage
   Doux propos, frais gazouillements,
   Tendres baisers, joyeux ramage ;
   Non : mais la tempête y fait rage,
   Et l'on entend..... ses hurlements.

6. L'arbre, si fier de sa feuillée
   Naguère encor, nu maintenant,
   Hélas ! à la voûte étoilée
   Lève sa cime dépouillée,
   Et pousse un long gémissement.

7. Tout a froid : le batteur en grange,
   Le bûcheron fendant son bois ;
   Et j'ai vu, vrai ! le ciel me venge,
   Hier, au Palais, chose étrange,
   Thémis qui..... soufflait dans ses doigts.

7

8. Nos gais jardins n'ont plus de roses,
   Nos ruisseaux.... de susurrements ;
   L'on n'ouït plus les douces choses
   Que, de leurs lèvres demi-closes,
   Murmurent les couples d'amants.

9. Et même au clocher du village,
   Triste puissance du verglas,
   Attristant son joyeux langage,
   La cloche ne fait plus tapage,
   Et n'a plus qu'un funèbre glas.

10. Oh ! que c'est laid, et froid, la neige !!!
    Elle vient jusqu'en ma maison,
    Sans y mettre plus de façon,
    (Aidez-moi donc, comment dirai-je !!)
    ...... Glacer la rime et la raison.

11. Pourtant on a chanté sa gloire,
    Sa blancheur, ses prismes brillants ;
    Mensonge ! interrogez l'Histoire ;
    Elle vous dira, pour mémoire,
    De Moscou les spectres sanglants.

12. Et voyez dans cette chaumière,
    Près d'un grabat, sans bois, sans feu,
    Cette pauvre vieille grand'mère,
    Morne, égrenant une prière
    Qu'elle termine peu à peu.

13. Sa poche et sa huche sont vides ;
    Ses enfants demandent du pain,
    De leurs voix creuses et timides ;
    Point de larme en ses yeux arides :
    Dieu l'écoutera-t-il..... enfin ???

14. O vous les Heureux de la terre,
    Les Puissants, les Seigneurs de l'or,
    Riches, exaucez la prière
    De la pauvre vieille grand'mère ;
    Donnez, Riches, donnez encor.

15. Donnez à ceux qui souffrent, Riches,
    Vous qui n'avez jamais souffert ;
    Sinon, gare à mes hémistiches,
    Qui vous préparent bien des niches,
    Si vous n'avez le cœur ouvert.

16. Donnez à la vierge affolée,
     Qui voudrait disputer son corps
     Au vice,.... à la veuve esseulée
     En sa cabane désolée,
     ....Le superflu de vos trésors.

17. Car c'est si laid, si froid, la neige,
     Qui vient jusque dans ma maison,
     Avec la bise et le glaçon,
     Constamment lui faisant cortége,
     ....Glacer la rime et la raison !!!

18. Et l'on ose chanter sa gloire,
     Ses reflets, ses prismes brillants ;
     Mensonge !!! Interrogez l'Histoire,
     Qui vous montrera, pour mémoire,
     De Moscou les spectres sanglants.

19. Va-t'en, sinistre messagère
     De l'Hiver, loin de nos climats ;
     Quitte ta robe.... mensongère,
     Créature indigne et légère,
     Enfant terrible des frimas.

20. Va-t'en pourvoyeuse abhorrée
De la Mort, fille de Satan !!!
Ne prends pas ta mine sucrée ;
Ou, par la formule sacrée,
Je te maudis : Va-t'en !.... Va-t'en !!!

VERVINS, 10 DÉCEMBRE 1879.

ALFRED GONTIER,

Membre correspondant de la Conférence.

MES ÉTRENNES AU LECTEUR

ou

MES ADIEUX A MON ÉGÉRIE.

(Voir le Rêve de l'Auteur, *page 182.)*

Que de baisers je voudrais, ma fillette,
Mettre à ta joue, en rimant mes adieux ;
Mon Egérie, ô ma bergeronnette,
En te quittant, j'ai des larmes aux yeux !!!
Quand le train part, quand la locomotive
Se met en marche, et t'éloigne de moi,
Mon corps s'en va ; mais mon âme rétive
Veut le quitter, et rester avec toi.
Cruel adieu, qu'il faut bien que je dise,
Car on m'attend là-bas, pour mon malheur ;
Bis { Mais j'emporte.... gravé.... le nom d'Élise,
Vois-y plutôt, juste à l'endroit du cœur.

Adieu, chérie ! Adieu, ma mignonnette !!!
Sous cet assaut mon front semble plier ;
Mon chérubin, ma rieuse brunette,
Je t'en prie, ah ! ne va point m'oublier.
Lorsque parfois, dans ton nid d'hirondelle,

Tu penses, chère, à quoi peux-tu penser ?
Réponds-moi donc : Mon Dieu, je pense à celle
Qui seule au monde ait droit de m'embrasser.
Cruel adieu, qu'il faut que je te dise,
Car on m'attend là-bas, pour mon malheur ;
Bis | Mais j'emporte... gravé... le nom d'Élise,
| Regardes-y, juste à l'endroit du cœur.

Hélas ! Hélas !!! ma paupière se trouble ;
J'ai beau gémir ; j'ai beau te supplier ;
Tu ris, méchante, ou bien verrais-je double ?
Pleurerais-tu ?? Non, tu vas m'oublier.
L'oubli, dis-tu, c'est la foi de mon âge ;
J'ai tête folle, espoir, et dix-huit ans,
Et je veux suivre en tout l'avis du sage,
Qui nous convie à bien passer le temps.
Adieu ! Adieu !!! Bien grande est ma sottise
De t'aimer tant, hélas ! pour mon malheur ;
Bis | Et j'emporte... gravé... le nom d'Élise,
| Vois-y, plutôt, juste à l'endroit du cœur.

Dans mon Vervins, ô trop chère coquette,
Je ne vois pas tes jolis yeux, si doux,
Tes beaux cheveux ; et ta voix qui caquète
Si gentiment..., ne s'entend pas chez nous ;

Je ne sens pas tes deux mains de madone
Si doucement venir presser ma main ;
Courage, ardeur, esprit, tout m'abandonne ;
Adieu ! je pars, et reprends mon chemin.
Adieu ! Adieu !!! Bien grande est ma sottise
De t'aimer tant, hélas ! pour mon malheur ;
Bis { Et j'emporte... gravé... le nom d'Élise,
{ Regarde, enfant, juste à l'endroit du cœur.

O mon amie, ô ma gente merveille,
Il ne faut plus te taquiner ainsi ;
Là-bas, chez nous, tout chacun s'émerveille,
Et veut savoir ce que je fais ici.
J'y viens chercher de l'air que tu respires,
J'y viens serrer ta gracieuse main,
J'y viens revoir tes bons et frais sourires ;
Et, si je pars, je reviendrai demain.
Au revoir donc !!! Non, ce n'est pas sottise
De t'aimer tant, et c'est mon seul bonheur ;
Bis { Et j'emporte... gravé... le nom d'Élise,
{ Regarde, enfant, juste à l'endroit du cœur.

MARLE, 17 DÉCEMBRE 1879.   ALFRED GONTIER.

FIN.

TABLE DES MATIÈRES.

17592. — Amiens, Imp. T. Jeunet.

POUR PARAITRE

AU COURS DE L'ANNÉE 1880.

~~~~~~~

LES MOUTONS DE PANURGE.

UN MÉNAGE A TROIS.

LES PROUESSES DE MAÎTRE FLORESTAN.

LE RÊVE D'UN PROCUREUR.

LES CAPRICES DE GEORGINA.

UNE VENDETTA CORSE EN PICARDIE.

NOS VERVINOISES ???

NOS MÉTIS ???

&. &. &.

S'adresser chez l'Auteur

A VERVINS, RUE DU MOULIN, 24,

ou par Correspondance.

www.ingramcontent.com/pod-product-compliance
Lightning Source LLC
Chambersburg PA
CBHW051828020726
47502CB00005B/1681